名家经典文库。

林徽因作品精选

林徽因 著

云南出版集团

云南人民出版社

图书在版编目（CIP）数据

林徽因作品精选 / 林徽因著. -- 昆明：云南人民出版社，2019.7
ISBN 978-7-222-18467-1

Ⅰ.①林… Ⅱ.①林… Ⅲ.①中国文学—现代文学—作品综合集 Ⅳ.①I216.2

中国版本图书馆CIP数据核字（2019）第136533号

项目策划：杨　森
责任编辑：朱　颖
装帧设计：何洁薇
责任校对：范晓芬
责任印制：李寒东

林徽因作品精选

林徽因　著

出版	云南出版集团　云南人民出版社
发行	云南人民出版社
社址	昆明市环城西路609号
邮编	650034
网址	www.ynpph.con.cn
E-mail	ynrms@sina.com
开本	710mm×1000mm　1/16
印张	16
字数	230千
版次	2019年7月第1版第1次印刷
印刷	华睿林（天津）印刷有限公司
书号	ISBN 978-7-222-18467-1
定价	49.80元

如需购买图书、反馈意见，请与我社联系
总编室：0871-64109126　发行部：0871-64108507　审校部：0871-64164626　印制部：0871-64191534

版权所有　侵权必究　印装差错　负责调换

云南人民出版社微信公众号

前　言

　　20世纪的中国文坛名家辈出，他们借着"诗界革命""文学革命"的推动，从"五四新文学革命"前后发轫，以白话文学为主导，以思想启蒙为目标，奠定了至今一个多世纪的中国文学的主体形态。

　　在那样一个社会剧烈动荡、思想文化狂飙突进的年代，众多的文学名家展现出无与伦比、令人惊叹的才情。说到"才"，主要指他们创作中的才华。中国白话文学创作在发端后的短短几十年时间里，诗歌、小说、散文、杂文、戏剧，每一个文学领域都有突破，都有传之后世的经典作品出现，而每一个领域又都涌现出众多的代表性人物。说到"情"，文学前辈们对于国家、民族、民众的挚爱，对于乡土、亲人的眷恋，都通过他们笔下的文字传神地表达出来。"才"和"情"的历史际遇性的统一，是20世纪文学历史上一个突出的特点，也是我们得以继承的宝贵的文学遗产和思想财富。

　　我们从这众多的文坛名家里首选尤以才情著称的十七位，精选他们的代表性作品，编辑了"现代名家经典文库"。这十七位才情名家分别是戴望舒、胡也频、林徽因、刘半农、庐隐、鲁彦、柔石、石评梅、苏曼殊、闻一多、萧红、徐志摩、许地山、郁达夫、郑振铎、朱湘、朱自清。

　　选取他们，不仅因为他们的过人才华在文坛上的地位和影响，也因为他们每个人的经历和作品都充满了耐人寻味的"情"的因素，使我们久久品读而不能忘怀。但令人惋惜的是，他们中大多数人的生命之花刚刚绽放便过早地凋零了——石评梅逝世于

1928年，时年26岁；胡也频逝世于1931年，时年28岁；柔石逝世于1931年，时年29岁；萧红逝世于1942年，时年31岁；徐志摩逝世于1931年，时年34岁……

　　在阅读他们作品的时候，我们不禁想到，如果他们的生命不是这样短暂，他们又会有多少经典的作品流传下来，又会给我们增添多少精神上的财富。

　　这套丛书只能说是20世纪中国文学史的一个小小的侧面和缩影，因为篇幅的限制，所选取的也只能是每位名家的少量代表性作品，难免挂一漏万，同时，在保留原作品风貌的基础上，我们按照通行标准对原作的部分文字和标点符号进行了修订和统一。

他们的生命虽然短暂，
但他们才华横溢、激情四射，
如历史夜空中一颗颗璀璨的流星；
那一个个令人久久不能忘记的名字，
让我们常常追忆那远去的才情年华……

编　者
2019年7月

目 录

林徽因简介…………………………………………………… 1

散 文

悼志摩……………………………………………………… 3
纪念志摩去世四周年……………………………………… 11
《文艺丛刊小说选》题记………………………………… 17
窗子以外…………………………………………………… 21
蛛丝和梅花………………………………………………… 29
彼 此……………………………………………………… 33
一片阳光…………………………………………………… 38
究竟怎么一回事…………………………………………… 42

诗 歌

谁爱这不息的变幻………………………………………… 49
笑…………………………………………………………… 50
情 愿……………………………………………………… 51
激 昂……………………………………………………… 52
山中一个夏夜……………………………………………… 54
莲 灯……………………………………………………… 55
你是人间的四月天………………………………………… 56
那一晚……………………………………………………… 57
深夜里听到乐声…………………………………………… 59
仍 然……………………………………………………… 60

桃　花	61
秋天，这秋天	62
深　笑	65
记　忆	66
题剔空菩提叶	67
黄昏过泰山	68
静　坐	69
时　间	70
哭三弟恒	71
展　缓	74
八月的忧愁	75
中夜钟声	76
年　关	77
忆	79
吊玮德	80
灵　感	83
城楼上	85
风　筝	87
别丢掉	89
静　院	90
空想（外四章）	93
红叶里的信念	97
十月独行	102
古城春景	103
去　春	104
除夕看花	105
一　天	106

| 林徽因作品精选 |

忧　郁 …………………………………… 107

十一月的小村 …………………………… 108

给秋天 …………………………………… 110

人　生 …………………………………… 112

写给我的大姊 …………………………… 113

六点钟在下午 …………………………… 114

一串疯话 ………………………………… 115

小诗（一） ……………………………… 116

小诗（二） ……………………………… 117

我们的雄鸡 ……………………………… 118

戏剧 小说 翻译

夜莺与玫瑰（王尔德童话，林徽因译）… 121

九十九度中（小说） …………………… 127

文珍（小说） …………………………… 146

绣绣（小说） …………………………… 154

梅真同他们（话剧） …………………… 165

我们的首都

中山堂 …………………………………… 227

北京市劳动人民文化宫 ………………… 228

故宫三大殿 ……………………………… 230

北海公园 ………………………………… 232

天　坛 …………………………………… 233

颐和园 …………………………………… 235

天宁寺塔 ………………………………… 237

北京近郊的三座"金刚宝座塔"——西直门外五塔寺塔、德胜
门外西黄寺塔和香山碧云寺塔　　　　239

鼓楼、钟楼和什刹海……………………………………… 241
雍和宫……………………………………………………… 243
故　宫……………………………………………………… 244

林徽因简介

林徽因（1904~1955），中国著名建筑师、诗人，出生于中国浙江杭州，祖籍福建长乐，原名徽音。

1916年在培华女子中学读书。

1920年和父亲林长民一起赴伦敦。

1924年和梁思成一起赴美国宾夕法尼亚大学，获得美术学士学位。

1925年与闻一多、梁实秋、梁思成等人建"中华戏剧改进社"。

1928年与梁思成结婚。

1949年受聘为北京清华大学建筑系教授。同年9月被选为中华人民共和国国徽设计组成员，除参与设计国徽外，还出任人民英雄纪念碑设计组成员，设计了纪念碑底座和花环图案。

1955年因肺结核久治不愈去世，安葬在其亲自设计的八宝山革命公墓。

一生著述颇多，代表作有《你是人间四月天》《九十九度中》《一天》《激昂》《山中一个夏夜》等。

散 文

悼志摩

　　十一月十九日我们的好朋友，许多人都爱戴的新诗人，徐志摩突兀的，不可信的，惨酷的，在飞机上遇险而死去。这消息在二十日的早上像一根针刺猛触到许多朋友的心上，顿使那一早的天墨一般的昏黑，哀恸的咽哽锁住每一个人的嗓子。

　　志摩……死……谁曾将这两个句子联在一处想过！他是那样活泼的一个人，那样刚刚站在壮年的顶峰上的一个人。朋友们常常惊讶他的活动，他那像小孩般的精神和认真，谁又会想到他死？

　　突然的，他闯出我们这共同的世界，沉入永远的静寂，不给我们一点预告，一点准备，或是一个最后希望的余地。这种几乎近于忍心的决绝，那一天不知震麻了多少朋友的心？现在那不能否认的事实，仍然无情地挡住我们前面。任凭我们多苦楚的哀悼他的惨死，多迫切的希冀能够仍然接触到他原来的音容，事实是不会为体贴我们这悲念而有些须更改；而他也再不会为不忍我们这伤悼而有些须活动的可能！这难堪的永远静寂和消沉便是死的最残酷处。

　　我们不迷信的，没有宗教地望着这死的帷幕，更是丝毫没有把握。张开口我们不会呼吁，闭上眼不会入梦，徘徊在理智和情感的边沿，我们不能预期后会，对这死，我们只是永远发怔，吞咽枯涩的泪，待时间来剥削着哀恸的尖锐，痂结我们每次悲悼的创伤。那一天下午初得到消息的许多朋友不是全跑到胡适之先生家里么？但是除却拭泪相对，默然围坐外，谁也没有主意，谁也不知有什么话说，对这死！

谁也没有主意，谁也没有话说！事实不容我们安插任何的希望，情感不容我们不伤悼这突兀的不幸，理智又不容我们有超自然的幻想！默然相对，默然围坐……而志摩则仍是死去没有回头，没有音讯，永远地不会回头，永远地不会再有音讯。

我们中间没有绝对信命运之说的，但是对着这不测的人生，谁不感到惊异，对着那许多事实的痕迹又如何不感到人力的脆弱，智慧的有限。世事尽有定数？世事尽是偶然？对这永远的疑问我们什么时候能有完全的把握？

在我们前边展开的只是一堆坚质的事实：

"是的，他十九晨有电报来给我……

"十九早晨，是的！说下午三点准到南苑，派车接……

"电报是九时从南京飞机场发出的……

"刚是他开始飞行以后所发……

"派车接去了，等到四点半……说飞机没有到……

"没有到……航空公司说济南有雾……很大……"只是一个钟头的差别；下午三时到南苑，济南有雾！谁相信就是这一个钟头中便可以有这么不同事实的发生，志摩，我的朋友！

他离平的前一晚我仍见到，那时候他还不知道他次晨南旅的，飞机改期过三次，他曾说如果再改下去，他便不走了的。我和他同由一个茶会出来，在总布胡同口分手。在这茶会里我们请的是为太平洋会议来的一个柏雷博士，因为他是志摩生平最爱慕的女作家曼殊斐儿的姊丈，志摩十分的殷勤；希望可以再从柏雷口中得些关于曼殊斐儿早年的影子，只因限于时间，我们茶后匆匆地便散了。晚上我有约会出去了，回来时很晚，听差说他又来过，适遇我们夫妇刚走，他自己坐了一会儿，喝了一壶茶，在桌上写了些字便走了。我到桌上一看——

"定明早六时飞行，此去存亡不卜……"我怔住了，心中一阵不痛快，却忙给他一个电话。

"你放心，"他说，"很稳当的，我还要留着生命看更伟大的事迹呢，哪能便死？……"

话虽是这样说，他却是已经死了整两周了！

凡是志摩的朋友，我相信全懂得，死去他这样一个朋友是怎么回事！

现在这事实一天比一天更结实，更固定，更不容否认。志摩是死了，这个简单惨酷的实际早又添上时间的色彩，一周，两周，一直的增长下去……

我不该在这里语无伦次的尽管呻吟我们做朋友的悲哀情绪。归根说，读者抱着我们文字看，也就是像志摩请柏雷一样，要从我们口里再听到关于志摩的一些事。这个我明白，只怕我不能使你们满意，因为关于他的事，动听的，使青年人知道这里有个不可多得的人格存在的，实在太多，决不是几千字可以表达得完。谁也得承认像他这样的一个人世间便不轻易有几个的，无论在中国或是外国。

我认得他，今年整十年，那时候他在伦敦经济学院，尚未去康桥。我初次遇到他，也就是他初次认识到影响他迁学的逖更生先生。不用说他和我父亲最谈得来，虽然他们年岁上差别不算少，一见面之后便互相引为知己。他到康桥之后由逖更生介绍进了皇家学院，当时和他同学的有我姊丈温君源宁。一直到最近两个月中源宁还常在说他当时的许多笑话，虽然说是笑话，那也是他对志摩最早的一个惊异的印象。志摩认真的诗情，绝不含有丝毫矫伪，他那种痴，那种孩子似的天真实能令人惊讶。源宁说，有一天他在校舍里读书，外边下起了倾盆大雨——唯是英伦那样的岛国才有的狂雨——忽然他听到有人猛敲他的房门,外边跳进一个被雨水淋得全湿的客人。不用说他便是志摩,一进门一把扯着源宁向外跑,说快来我们到桥上去等着。这一来把源宁怔住了,他问志摩等什么在这大雨里。志摩睁大了眼睛,孩子似的高兴地说"看雨后的虹去"。源宁不止说他不去,并且劝志摩趁早将湿透的衣服换下,再穿上雨衣出去,英国的湿气岂是儿戏,志摩不等他说完,一溜烟地自己跑了!

以后我好奇地曾问过志摩这故事的真确,他笑着点头承认这全段故事的真实。我问:"那么下文呢。你立在桥上等了多久,并且看到虹了没有?"他说记不清,但是他居然看到了虹。我诧异地打断他对那虹的描写,问他怎么他便知道,准会有虹的。他得意地笑答我说:"完全诗意的信仰!"

"完全诗意的信仰",我可要在这里哭了!也就是为这"诗意的信仰",他硬要借航空的方便达到他"想飞"的宿愿!"飞机是很稳当的,"他说,"如果要出事那是我的运命!"他真对运命这样完全诗意的信仰!

志摩,我的朋友,死本来也不过是一个新的旅程,我们没有到过的,不免过分地怀疑,死不定就比这生苦,"我们不能轻易断定那一边没有阳光与人情的温慰",但是我前边说过最难堪的是这永远的静寂。我们生在这没有宗教的时代,对这死实在太没有把握了。这以后许多思念你的日子,怕要全是昏暗的苦楚,不会有一点点光明,除非我也有你那美丽的诗意的信仰!

我个人的悲绪不竟又来扰乱我对他生前许多清晰的回忆,朋友们原谅。

诗人的志摩用不着我来多说,他那许多诗文便是估价他的天平。我们新诗的历史才是这样的短，恐怕他的判断人尚在我们儿孙辈的中间。我要谈的是诗人之外的志摩。人家说志摩的为人只是不经意的浪漫，志摩的诗全是抒情诗，这断语从不认识他的人听来可以说很公平，从他朋友们看来实在是对不起他。志摩是个很古怪的人，浪漫固然，但他人格里最精华的却是他对人的同情，和蔼，和优容；没有一个人他对他不和蔼，没有一种人，他不能优容，没有一种的情感，他绝对地不能表同情。我不说了解，因为不是许多人爱说志摩最不解人情么？我说他的特点也就在这上头。

我们寻常人就爱说了解；能了解的我们便同情，不了解的我们便很落漠乃至于酷刻。表同情于我们能了解的，我们以为很适当；不表同情于我们不能了解的，我们也认为很公平。志摩则不然，了解与不了解，他并没有过分地夸张，他只知道温存，和平，体贴，只要他知道有情感的存在，无论出自何人，在何等情况之下，他理智上认为适当与否，他全能表几分同情，他真能体会原谅他人与他自己不相同处。从不会刻薄地单支出严格的迫厌的道德的天平指谪凡是与他不同的人。他这样的温和，这样的优容，真能使许多人惭愧，我可以忠实地说，至少他要比我们多数的人伟大许多；他觉得人类各种的情感动作全有它不同的，价值放大了的人类的眼光，同情是不该只限于我们划定的范围内。他是对的，朋友们，归根说，我们能够懂得几个人，了解几桩事，几种情感？哪一桩事，哪一个人没有多面的看法！为此说来志摩的朋友之多，不是个可怪的事；凡是认得他的人不论深浅对他全有特殊的感情，也是极为自然的结果。而反过来看他自己在他一生的过程中却是很少得着同情的。不止如是，他还曾为他的一点理想的愚诚几次几乎不见容于社会。但是他却未曾为这个鄙吝他给他人的同情心，他的性情，不曾为受了刺激而转变刻薄暴戾过，谁能不承认他几有超人的宽量。

志摩的最动人的特点，是他那不可信的纯净的天真，对他的理想的愚诚，对艺术欣赏的认真，体会情感的切实，全是难能可贵到极点。他站在雨中等虹，他甘冒社会的大不韪争他的恋爱自由；他坐曲折的火车到乡间去拜哈代，他抛弃博士一类的引诱卷了书包到英国，只为要拜罗素做老师，他为了一种特异的境遇，一时特异的感动，从此在生命途中冒险，从此抛弃所有的旧业，只是尝试写几行新诗——这几年新诗尝试的运命并不太令人踊跃，冷嘲热骂只是家常便饭——他常能走几里路去采几茎花，费许多周折去看一个朋友说两句话；这些，还有许多，都不是我们寻常能够轻易了解的神秘。我说神秘，其实竟许是傻，是痴！事实上他只是比我们认真，虔诚到傻气，到痴！他愉快起来，他的快乐的翅膀可以碰得到天，他忧伤起来，他的悲戚是深得没有底。寻常评价的衡量在他手里失了效用，利害轻重他自有他的看法，纯是艺术的情感的脱离寻常的原则，所以往常人常听到朋友们说到他总爱带着嗟叹的口吻说："那是志摩，你又有什么法子！"他真的是个怪人么？朋友们，不，一点都不是，他只是比我们近情，近理，比我们热诚，比我们天真，比我们对万物都更有信仰，对神，对人，对灵，对自然，对艺术！

朋友们，我们失掉的不只是一个朋友，一个诗人，我们丢掉的是个极难得可爱的人格。至于他的作品全是抒情的么？他的兴趣只限于情感么？更是不对。志摩的兴趣是极广泛的。就有几件，说起来，不认得他的人便更要奇怪。他早年很爱数学，他始终极喜欢天文，他对天上星宿的名字和部位就认得很多，最喜暑夜观星，好几次他坐火车都是带着关于宇宙的科学的书。他曾经译过爱因斯坦的相对论，并且在一九二二年便写过一篇关于相对论的东西登在《民铎》杂志上。他常向思成说笑："任公先生的相对论的知识还是从我徐君志摩大作上得来的呢，因为他说他看过许多关于爱因斯坦的哲学都未曾看懂，看到志摩的那篇才懂了。"今夏我在香山养病，他常来闲谈，有一天谈到他幼年上学的经过和美国克莱克大学两年学经济学的景况，我们不禁对笑了半天，后来他在他的《猛虎集》的"序"里也说了那么一段。可是奇怪的！他不像许多天才，幼年里上学，不是不及格，便是被斥退，他是常得优等的，听说有一次康乃尔暑校里一个极严的经济教授还写了信去克莱克大学教授那里恭维他的学生，关于一门很难的功课。我不是为志摩在这里夸张，因为事实上只有为了这桩事，今夏志摩自己便笑得不亦乐乎！

　　此外他的兴趣对于戏剧绘画都极深浓，戏剧不用说，与诗文是那么接近，他领略绘画的天才也颇为可观，后期印象派的几个画家，他都有极精密的爱恶，对于文艺复兴时代那几位，他也很熟悉，他最爱鲍提且利和达文骞。自然他也常承认文人喜画常是间接地受了别人论文的影响，他的，就受了法兰（Roger Fry）和斐德（Walter Pater）的不少。对于建筑审美他常常对思成和我道歉说："太对不起，我的建筑常识全是Ruskins那一套。"他知道我们最讨厌Ruskins的。但是为看一个古建的残址，一块石刻，他比任何人都热心，都更能静心领略。

　　他喜欢色彩，虽然他自己不会作画，暑假里他曾从杭州给我几封信，他自己叫它们做"描写的水彩画"，他用英文极细致地写出西（边？）桑田的颜色，每一分嫩绿，每一色鹅黄，他都仔细地观察到。又有一次他望着我园里一带断墙半晌不语，过后他告诉我说，他正在默默体会，想要描写那墙上向晚的艳阳和刚刚入秋的藤萝。

对于音乐，中西的他都爱好，不止爱好，他那种热心便唤醒过北京一次——也许唯一的一次——对音乐的注意。谁也忘不了那一年，克拉斯拉到北京在"真光"拉一个多钟头的提琴。对旧剧他也得算"在行"，他最后在北京那几天我们曾接连地同去听好几出戏，回家时我们讨论得热闹，比任何剧评都诚恳都起劲。

谁相信这样的一个人，这样忠实于"生"的一个人，会这样早地永远地离开我们另投一个世界，永远地静寂下去，不再透些许声息！

我不敢再往下写，志摩若是有灵听到比他年轻许多的一个小朋友拿着老声老气的语调谈到他的为人不觉得不快么？这里我又来个极难堪的回忆，那一年他在这同一个的报纸上写了那篇伤我父亲惨故的文章，这梦幻似的人生转了几个弯，曾几何时，却轮到我在这风紧夜深里握笔吊他的惨变。这是什么人生？什么风涛？什么道路？志摩，你这最后的解脱未始不是幸福，不是聪明，我该当羡慕你才是。

纪念志摩去世四周年

今天是你走脱这世界的四周年！朋友，我们这次拿什么来纪念你？前两次的用香花感伤地围上你的照片，抑住嗓子底下叹息和悲哽，朋友和朋友无聊地对望着，完成一种纪念的形式，俨然是愚蠢的失败。因为那时那种近于伤感，而又不够宗教庄严的举动，除却点明了你和我们中间的距离，生和死的间隔外，实在没有别的成效；几乎完全不能达到任何真实纪念的意义。

去年今日我意外地由浙南路过你的家乡，在昏沉的夜色里我独立火车门外，凝望着那幽暗的站台，默默地回忆许多不相连续的过往残片，直到生和死间居然幻成一片模糊，人生和火车似的蜿蜒一串疑问在苍茫间奔驰。我想起你的：

火车擒住轨，在黑夜里奔

过山，过水，过……

如果那时候我的眼泪曾不自主地溢出睫外，我知道你定会原谅我的。你应当相信我不会向悲哀投降，什么时候我都相信倔强的忠于生的，即使人生如你底下所说：

就凭那精窄的两道，算是轨，

驮着这份重，梦一般的累坠！

就在那时候我记得火车慢慢地由站台拖出，一程一程地前进，我也随着酸怆的诗意，那"车的呻吟"，"过荒野，过池塘……过噤口的村庄"。到了第二站——我的一半家乡。

今年又轮到今天这一个日子！世界仍旧一团糟，多少地

方是黑云布满着粗筋络往理想的反面猛进,我并不在瞎说,当我写:

> 信仰只一细炷香,
>
> 那点子亮再经不起西风
>
> 沙沙的隔着梧桐树吹

朋友,你自己说,如果是你现在坐在我这位子上,迎着这一窗太阳:眼看着菊花影在墙上描画作态;手臂下倚着两叠今早的报纸;耳朵里不时隐隐地听着朝阳门外"打靶"的枪弹声;意识的,潜意识的,要明白这生和死的谜,你又该写成怎样一首诗来,纪念一个死别的朋友?

此时,我却是完全的一个糊涂!习惯上我说,每桩事都像是造物的意旨,归根都是运命,但我明知道每桩事都有我们自己的影子在里面烙印着!我也知道每一个日子是多少机缘巧合凑拢来拼成的图案,但我也疑问其间的摆布谁是主宰。据我看来:死是悲剧的一章,生则更是一场悲剧的主干!我们这一群剧中的角色自身性格与性格矛盾;理智与情感两不相容;理想与现实当面冲突,侧面或反面激成悲哀。日子一天一天向前转,昨日和昨日堆垒起来混成一片不可避脱的背景,做成我们周遭的墙壁或气氛,那么结实又那么缥缈,使我们每一人站在每一天的每一个时候里都是那么主要,又是那么渺小无能为!

此刻我几乎找不出一句话来说,因为,真的,我只是个完全的糊涂;感到生和死一样的不可解,不可懂。

但是我却要告诉你,虽然四年了你脱离去我们这共同活动的世界,本身停掉参加牵引事体变迁的主力,可是谁也不能否认,你仍立在我们烟涛渺茫的背景里,间接地是一种力量,尤其是在文艺创造的努力和信仰方面。间接地你任凭自然的音韵,颜色,不时的风轻月白,人的无定律的一切情感,悠断悠续地仍然在我们中间继续着生,仍然与我们共同交织着这生的纠纷,继续着生的理想。你并不离我们太远。你的身影永远挂在这里那里,同你生前一样的飘忽,爱在人家不经意时莅止,带来勇气的笑声也总是那么嘹亮,还有,还有经过你热情或焦心苦吟的那些诗,一首一首仍串着许多人的心旋转。

说到你的诗,朋友,我正要正经地同你再说一些话。你不要不耐烦。这话迟早我们总要说清的。人说盖棺论定,前者早已成了事实,这后者在这四年中,说来叫人难受,我还未曾读到一篇中肯或诚实的论评,虽然对你的赞美和攻讦由你去世后一两周间,就纷纷开始了。但是他们每人手里拿的都不像纯文艺的天平;有的喜欢你的为人,有的疑问你私人的道德;有的单单尊崇你诗中所表现的思想哲学,有的仅喜爱那些软弱的细致的句子,有的每发议论必须牵涉到你的个人生活之合乎规矩方圆,或断言你是轻薄,或引证你是浮奢豪侈!朋友,我知道你从不介意过这些,许多人的浅陋老实或刻薄处你早就领略过一堆,你不止未曾生过气,并且常常表现怜悯同原谅;你的心情永远是那么洁净;头老抬得那么高;胸中老是那么完整的诚挚;臂上老有那么许多不折不挠的勇气。但是现在的情形与以前却稍稍不同,你自己既已不在这里,做你朋友的,眼看着你被误解,曲解,乃至于谩骂,有时真忍不住替你不平。

但你可别误会我心眼儿窄,把不相干的看成重要,我也知道误解曲解谩骂,都是不相干的,但是朋友,我们谁都需要有人了解我们的时候,真了解了我们,即使是痛下针砭,骂着了我们的弱处错处,那整个的我们却因而更增添了意义,一个作家文艺的总成绩更需要一种就文论文,就艺术论艺术的和平判断。

你在《猛虎集》"序"中说"世界上再没有比写诗更惨

的事",你却并未说明为什么写诗是一桩惨事,现在让我来个注脚好不好?我看一个人一生为着一个愚诚的倾向,把所感受到的复杂的情绪尝味到的生活,放到自己的理想和信仰的锅炉里烧炼成几句悠扬铿锵的语言(哪怕是几声小唱),来满足他自己本能的艺术的冲动,这本来是个极寻常的事。哪一个地方哪一个时代,都不断有这种人。轮着做这种人的多半是为着他情感来的比寻常人浓富敏锐,而为着这情感而发生的冲动更是非实际的——或不全是实际的——追求,而需要那种艺术的满足而已。说起来写诗的人的动机多么简单可怜,正是如你"序"里所说"我们都是受支配的善良的生灵"!虽然有些诗人因为他们的成绩特别高厚广阔包括了多数人,或整个时代的艺术和思想的冲动,从此便在人间披上神秘的光圈,使"诗人"两字无形中挂着崇高的色彩。这样使一般努力于用韵文表现或描画人在自然万物相交错时的情绪思想的,便被人的成见看做夸大狂的旗帜,需要同时代人的极冷酷的讥讪和不信任来扑灭它,以挽救人类的尊严和健康。

我承认写诗是惨淡经营,孤立在人中挣扎的勾当,但是因为我知道太清楚了,你在这上面单纯的信仰和诚恳的尝试,为同业者奋斗,卫护他们的情感的愚诚,称扬他们艺术的创造,自己从未曾求过虚荣,我觉得你始终是很逍遥舒畅的。如你自己所说:"满头血水",你"仍不曾低头",你自己相信"一点性灵还在那里挣扎","还想在实际生活的重重压迫下透出一些声响来"。

简单地说,朋友,你这写诗的动机是坦白不由自主的,你写诗的态度是诚实,勇敢而倔强的。这在讨论你诗的时候,谁都先得明了的。

至于你诗的技巧问题,艺术上的造诣,在这新诗仍在彷徨歧路的尝试期间，谁也不能坚决地论断。不过有一桩事我很想提醒现在讨论新诗的人，新诗之由于无条件无形制宽泛到几乎没有一定的定义时代，转入这讨论外形内容，以至于音节韵脚章句意象组织等艺术技巧问题的时期，即是根据着对这方面努力尝试过的那一些诗，你的头两个诗集子就是供给这些讨论见解最多材料的根据。外国的土话说"马总得放在马车的前面"，不是？没有一些尝试的成绩放在那里，理论家是不能老在那里发一堆空头支票的，不是？

你自己一向不止在那里倔强地尝试用功，你还曾用尽你所有活泼的热心鼓励别人尝试，鼓励"时代"起来尝试——这种工作是最犯风头嫌疑的，也只有你胆子大头皮硬顶得下来！我还记得你要印诗集子时我替你捏一把汗，老实说还替你在有文采的老前辈中间难为情过，我也记得我初听到人家找你办"晨副"时我的焦急，但你居然板起个脸抓起两把鼓槌子为文艺吹打开路乃至于扫地，铺鲜花，不顾旧势力的非难，新势力的怀疑，你干你的事"事在人为，做了再说"那股子劲，以后别处也还很少见。

现在你走了，这些事渐渐在人的记忆中模糊下来，你的诗和文章也散漫在各小本集子里，压在有极新鲜的封皮的新书后面，谁说起你来，不是马马糊糊地承认你是过去中一个势力，就是拿能够挑剔看轻你的诗为本事（散文人家很少提到，或许"散文家"没有诗人那么光荣，不值得注意），朋友，这是没法子的事，我却一点不为此灰心，因为我有我的信仰。

我认为我们这写诗的动机既如前面所说那么简单愚诚；因在某一时，或某一刻敏锐地接触到生活上的锋芒，或偶然地触遇到理想峰巅上云彩星霞，不由得不在我们所习惯的语言中，编缀出一两串近于音乐的句子来，慰藉自己，解放自己,去追求超实际的真美,读诗者的反应一定有一大半也和我们这写诗的一样诚实天真,仅想在我们句子中间由音乐性的愉悦,接触到一些生活的底蕴渗合着美丽的憧憬;把我们的情绪给他们的情绪搭起一座浮桥;把我们的灵感,给他们生活添些新鲜;把我们的痛苦伤心再揉成他们自己忧郁的安慰!

我们的作品会不会再长存下去,就看它们会不会活在那一些我们从来不认识的人,我们作品的读者,散在各时、各处互相不认识的孤单的人的心里的,这种事它自己有自己的定律,并不需要我们的关心的。你的诗据我所知道的,它们仍旧在这里浮沉流落,你的影子也就浓淡参差地系在那些诗句中,另一端印在许多不相识人的心里。朋友,你不要过于看轻这种间接的生存,许多热情的人他们会为着你的存在,而加增了生的意识的。伤心的仅是那些你最亲热的朋友们和同兴趣的努力者,你不在他们中间的事实,将要永远是个不能填补的空虚。

你走后大家就提议要为你设立一个"志摩奖金"来继续你鼓励人家努力诗文的素志,勉强象征你那种对于文艺创造拥护的热心,使不及认得你的青年人永远对你保存着亲热。如果这事你不觉到太寒伧不够热气,我希望你原谅你这些朋友们的苦心,在冥冥之中笑着给我们勇气来做这一些蠢诚的事吧。

二十四年十一月十九日北平

(原载1935年12月8日《大公报·文艺副刊》)

《文艺丛刊小说选》题记

　　《大公报·文艺副刊》出了一年多，现在要将这第一年中属于创造的短篇小说提出来，选出若干篇，印成单行本供给读者更方便的阅览。这个工作的确该使认真的作者和读者两方面全都高兴。

　　这里篇数并不多，人数也不多，但是聚在一个小小的选集里也还结实饱满，拿到手里可以使人充满喜悦的希望。

　　我们不怕读者读过了以后，这燃起的希望或者又会黯下变成失望。因为这失望竟许是不可免的，如果读者对创造界诚恳地抱着很大的理想，心里早就叠着不平常的企望。但只要是读者诚实的反应，我们都不害怕。因为这里是一堆作者老实的成绩，合起来代表一年中创造界一部分的试验，无论拿什么标准来衡量它，断定它的成功或失败，谁也没有一句话说的。

　　现在姑且以编选人对这多篇作品所得的感想来说，供读者浏览评阅这本选集时一种参考，简单的就是底下的一点意见。

　　如果我们取鸟瞰的形势来观察这个小小的局面，至少有一个最显著的现象展在我们眼下。在这些作品中，在题材的选择上似乎有个很偏的倾向：那就是趋向农村或少受教育分子或劳力者的生活描写。这倾向并不偶然，说好一点，是我们这个时代对于他们——农人与劳力者——有浓重的同情和关心；说坏一点，是一种盲从趋时的现象。但最公平的说，还是上面的两个原因都有一点关系。描写劳工社会，乡村色彩已成一种风气，且在文艺界也已有一点成绩。初起的作家，或个性不强烈的作家，就容易不自觉的，因袭种种已有眉目的格调下笔。尤其是在我们这时代，青年作家都很难过自己在物质上享用，优越于一般少受教育的民众，便很自然地要认识乡村的穷苦，对偏僻的内地发生兴趣，反倒撇开自己所熟识的生活不写。拿单篇来讲，许多都写得好，还有些特别写得精彩的。但以创造界全盘试验来看，这种偏向表示贫弱，缺乏创造力量。并且为良心的动机而写作，那作品的艺术成分便会发生疑问。我们希望选集在这一点上可以显露出这种创造力的缺乏，或艺术性的不纯真，刺激作家们自己更有个性，更热诚地来刻画这多面错综复杂的人生，不拘泥于任何一个角度。

除却上面对题材的偏向以外，创造文艺的认真却是毫无疑问的。前一时代在流畅文字的烟幕下，刻薄的以讽刺个人博取流行幽默的小说，现已无形地摈出努力创造者的门外，衰灭下去几至绝迹。这个情形实在也值得我们作者和读者额手相庆的好现象。

在描写上，我们感到大多数所取的方式是写一段故事，或以一两人物为中心，或以某地方一桩事发生的始末为主干，单纯的发展与结束。这也是比较薄弱的手法。这个我们疑惑或是许多作者误会了短篇的限制，把它的可能性看得过窄的缘故。生活大胆的断面，这里少有人尝试，剖示贴己生活的矛盾也无多少人认真地来做。这也是我们中间一种遗憾。

至于关于这里短篇技巧的水准，平均的程度，编选人却要不避嫌疑地提出请读者注意。无疑的，在结构上，在描写上，在叙事与对话的分配上，多数作者已有很成熟自然地运用。生涩幼稚和冗长散漫的作品，在新文艺早期中毫无愧色地散见于各种印刷物中，现在已完全敛迹。通篇的连贯，文字的经济，着重点的安排，颜色图画的鲜明，已成为极寻常的标准。在各篇中我们相信读者一定还不会不觉察到那些好处的；为着那些地方就给了编选人以不少愉快和希望。

最后如果不算离题太远，我们还要具体地讲一点我们对于作者与作品的见解。作品最主要处是诚实。诚实的重要还在题材的新鲜，结构的完整，文字的流丽之上。即是作品需诚实于作者客观所明了，主观所体验的生活。小说的情景即使整个是虚构的，内容的情感却全得借力于迫真的，体验过的情感，毫不能用空洞虚假来支持着伤感的"情节"！所谓诚实并不是作者必须实际的经过在作品中所提到的生活，而是凡在作品中所提到的生活，的确都是作者在理智上所极明了，在感情上极能体验得出的情景或人性。许多人因是自疚生活方式不新鲜，而故意地选择了一些特殊浪漫，而自己并不熟识的生活来做题材，然后敲诈自己有限的幻想力去铺张出自己所没有的情感，来骗取读者的同情。这种创造既浪费文字来夸张虚伪的情景和伤感，那些认真的读者要从文艺里充实生活认识人生的，自然要感到十分的不耐烦和失望的。

生活的丰富不在生存方式的种类多与少，如做过学徒，又拉过洋车，去过甘肃又走过云南，却在客观的观察力与主观的感觉力同时的锐利敏捷，能多面地明了及尝味所见、所听、所遇，种种不同的情景；还得理会到人在生活上互相的关系与牵连；固定的与偶然的中间所起戏剧式的变化；最后更得有自己特殊的看法及思想，信仰或哲学。

一个生活丰富者不在客观的见过若干事物，而在能主观的能激发很复杂，很不同的情感，和能够同情于人性的许多方面的人。

所以一个作者，在运用文字的技术学问外，必需是能立在任何生活上面，能在主观与客观之间，感觉和了解之间，理智上进退有余,情感上横溢奔放,记忆与幻想交错相辅,到了真即是假,假即是真的程度,他的笔下才现着活力真诚。他的作品才会充实伟大,不受题材或文字的影响,而能持久普遍的动人。

这些道理,读者比作者当然还要明白点,所以作品的估价永远操在认真的读者手里,这也是这个选集不得不印书,献与它的公正的评判者的一个原因。

(原载1936年3月1日《大公报·文艺副刊》)

窗子以外

话从哪里说起？等到你要说话，什么话都是那样渺茫地找不到个源头。

此刻，就在我眼帘底下坐着的是四个乡下人的背影：一个头上包着黲黑的白布，两个褪色的蓝布，又一个光头。他们支起膝盖，半蹲半坐的，在溪沿的短墙上休息。每人手里一件简单的东西：一个是白木棒，一个篮子，那两个在树荫底下我看不清楚。无疑他们已经走了许多路，再过一刻，抽完一筒旱烟以后，是还要走许多路的。兰花烟的香味频频随着微风，袭到我官觉上来，模糊中还有几段山西梆子的声调，虽然他们坐的地方是在我廊子的铁纱窗以外。

铁纱窗以外，话可不就在这里了。永远是窗子以外，不是铁纱窗就是玻璃窗，总而言之，窗子以外！

所有的活动的颜色、声音、生的滋味，全在那里的，你并不是不能看到，只不过是永远地在你窗子以外罢了。多少百里的平原土地，多少区域的起伏的山峦，昨天由窗子外映进你的眼帘，那是多少生命日夜在活动着的所在；每一根青的什么麦黍，都有人流过汗；每一粒黄的什么米粟，都有人吃去；其间还有的是周折，是热闹，是紧张！可是你则并不一定能看见，因为那所有的周折，热闹，紧张，全都在你窗子以外展演着。

在家里罢，你坐在书房里，窗子以外的景物本就有限。那里两树马缨，几棵丁香；榆叶梅横出疯权的一大枝；海棠因为缺乏阳光，每年只开个两三朵——叶子上满是虫蚁吃的创痕，还卷着一点焦黄的边；廊子幽秀地开着扇子式，六边形的格子窗，透过外院的日光，外院的杂音。什么送煤的来了，偶然你看到一个两个被煤炭染成黔黑的脸；什么米送到了，一个人捎着一大口袋在背上，慢慢踱过屏门；还有自来水、电灯、电话公司来收账的，胸口斜挂着皮口袋，手里推着一辆自行车；更有时厨子来个朋友了，满脸的笑容，"好呀，好呀！"地走进门房；什么赵妈的丈夫来拿钱了，那是每月一号一点都不差的，早来了你就听到两个人唧唧哝哝争吵的声浪。那里不是没有颜色，声音，生的一切活动，只是他们和你总隔个窗子——扇子式的，六边形的，纱的，玻璃的！

你气闷了把笔一搁说，这叫做什么生活！你站起来，穿上不能算太贵的鞋袜，但这双鞋和袜的价钱也就比——想它做什么，反正有人每月的工资，一定只有这价钱的一半乃至于更少。你出去雇洋车了，拉车的嘴里所讨的价钱当然是要比例价高得多，难道你就傻子似的答应下来？不，不，三十二子，拉就拉，不拉，拉倒！心里也明白，如果真要充内行，你就该说，二十六子，拉就拉——但是你好意思争！

车开始辗动了，世界仍然在你窗子以外。长长的一条胡同，一个个大门紧紧的关着。就是有开的，那也只是露出一角，隐约可以看到里面有南瓜棚子，底下一个女的，坐在小凳上缝缝做做的；另一个，抓住还不能走路的小孩子，伸出头来喊那过路卖白菜的。至于白菜是多少钱一斤，那你是听不见了，车子早已拉得老远，并且你也无需乎知道的。在你每月费用之中，伙食是一定占去若干的。在那一笔伙食费里，白菜又是多么小的一个数。难道你知道了门口卖的白菜多少钱一斤，你真把你哭丧着脸的厨子叫来申斥一顿，告诉他每一斤白菜他多开了你一个"大子儿"？

· 22 ·

|林徽因作品精选|

　　车越走越远了,前面正碰着粪车,立刻你拿出手绢来,皱着眉,把鼻子蒙得紧紧的,心里不知怨谁好。怨天做的事太古怪,好好的美丽的稻麦却需要粪来浇!怨乡下人太不怕臭,不怕脏,发明那么两个篮子,放在鼻前手车上,推着慢慢走!你怨市里行政人员不认真办事,如此脏臭不卫生的旧习不能改良,十余年来对这粪车难道真无办法?为着强烈的臭气隔着你窗子还不够远,因此你想到社会卫生事业如何还办不好。

　　路渐渐好起来,前面墙高高的是个大衙门。这里你简直不只隔个窗子,这一带高高的墙是不通风的。你不懂里面有多少办事员,办的都是什么事;多少浓眉大眼的,对着乡下人做买卖的吆喝诈取;多少个又是脸黄黄的可怜虫,混半碗饭分给一家子吃。自欺欺人,里面天天演的到底是什么把戏?但是如果里面真有两三个人拼了命在那里奋斗,为许多人争一点便利和公道,你也无从知道!

　　到了热闹的大街了,你仍然像在特别包厢里看戏一样,本身不会,也不必参加那出戏;倚在栏杆上,你在审美的领略,你有的是一片闲暇。但是如果这里洋车夫问你在哪里下来,你会吃一惊,仓卒不知所答,生活所最必需的你并不缺乏什么,你这出来就也是不必需的活动。

　　偶一抬头,看到街心和对街铺子前面那些人,他们都是急急忙忙的,在时间金钱的限制下采办他们生活所必需的。两个女人手忙脚乱地在监督着店里的伙计称秤。二斤四两,二斤四两的什么东西,且不必去管,反正由那两个女人的认真的神气上面看去,必是非同小可,性命交关的货物。并且如果称得少一点时,那两个女人为那点吃亏的分量必定感到重大的痛苦;如果称得多时,那伙计又知道这年头那损失在东家方面真不能算小。于是那两边的争持是热烈的,必需的,大家声音都高一点；女人脸上呈块红色，头发披下了一缕，又用手抓上去；伙计则维持着客气，口里嚷着：错不了，错不了！

热烈的，必需的，在车马纷纭的街心里，忽然由你车边冲出来两个人；男的，女的，各各提起两脚快跑。这又是干什么的，你心想，电车正在拐大弯。那两个原就追着电车，由轨道旁边擦过去，一边追着，一边向电车上卖票的说话。电车是不容易赶的，你在洋车上真不禁替那街心里奔走赶车的担心。但是你也知道如果这趟没赶上，他们就可以在街旁站个半点来钟，那些宁可望穿秋水不雇洋车的人，也就是因为他们的生活而必需计较和节省到洋车同电车价钱上那相差的数目。

此刻洋车跑得很快，你心里继续着疑问你出来的目的，到底采办一些什么必需的货物。眼看着男男女女挤在市场里面，门首出来一个进去一个，手里都是持着包包裹裹，里边虽然不会全是他们当日所必需的，但是如果当中夹着一盒稍微奢侈的物品，则亦必是他们生活中间闪着亮光的一个愉快！你不是听见那人说么？里面草帽，一块八毛五，贵倒贵点，可是"真不赖"！他提一提帽盒向着打招呼的朋友，他摸一摸他那剃得光整的脑袋，微笑充满了他全个脸。那时那一点迸射着光闪的愉快，当然的归属于他享受，没有一点疑问，因为天知道，这一年中他多少次的克己省俭，使他赚来这一次美满的，大胆的奢侈！

那点子奢侈在那人身上所发生的喜悦，在你身上却完全失掉作用，没有闪一星星亮光的希望！你想，整年整月你所花费的，和你那窗子以外的周围生活程度一比较，严格算来，可不都是非常靡费的用途？每奢侈一次，你心上只有多难过一次，所以车子经过的那些玻璃窗口，只有使你更惶恐，更空洞，更怀疑，前后彷徨不着边际。并且看了店里那些形形色色的货物，除非你真是傻子，难道不晓得它们多半是由那一国工厂里制造出来的！奢侈是不能给你愉快的，它只有要加增你的戒惧烦恼。每一尺好看点的纱料，每一件新鲜点的工艺品！

你诅咒着城市生活，不自然的城市生活！检点行装说，走了，走了，这沉闷没有生气的生活，实在受不了，我要换个样子过活去。健康的旅行既可以看看山水古刹的名胜，又可以知道点内地纯朴的人情风俗。走了，走了，天气还不算太坏，就是走他一个月六礼拜也是值得的。

没想到不管你走到哪里，你永远免不了坐在窗子以内的。不错，许多时髦的学者常常骄傲地带上"考察"的神气，架上科学的眼镜，偶然走到哪里一个陌生的地方瞭望，但那无形中的窗子是仍然存在的。不信，你检查他们的行李，有谁不带着罐头食品，帆布床，以及别的证明你还在你窗子以内的种种零星用品，你再摸一摸他们的皮包，那里短不了有些钞票；一到一个地方，你有的是一个提梁的小小世界。不管你的窗子朝向哪里望，所看到的多半则仍是在你窗子以外，隔层玻璃，或是铁纱！隐隐约约你看到一些颜色，听到一些声音，如果你私下满足了，那也没有什么，只是千万别高兴起说什么接触了，认识了若干事物人情，天知道那是罪过！洋鬼子们的一些浅薄，千万学不得。

你是仍然坐在窗子以内的，不是火车的窗子，汽车的窗子，就是客栈逆旅的窗子，再不然就是你自己无形中习惯的窗子，把你搁在里面。接触和认识实在谈不到，得天独厚的闲暇生活先不容你。一样是旅行，如果你背上捐的不是照相机而是一点做买卖的小血本，你就需要全副的精神来走路：你得留神投宿的地方；你得计算一路上每吃一次烧饼和几颗沙果的钱；遇着同行的战战兢兢的打招呼，互相捧出诚意，遇着困难时好互相关照帮忙,到了一个地方你是真带着整个血肉的身体到处碰运气,紧张的境遇不容你不奋斗,不与其他奋斗的血和肉的接触,直到经验使得你认识。

前日公共汽车里一列辛苦的脸,那些谈话,里面就有很多生活的分量。陕西过来做生意的老头和那旁坐的一股客气,是不得已的;由交城下车的客人执着红粉包纸烟递到汽车行管事手里也是有多少理由的,穿棉背心的老太婆默默地挟住一个蓝布包袱,一个钱包,是在用尽她的全副本领的,果然到了冀村,她错过站头,还亏别个客人替她要求车夫,将汽车退行两里路,她还不大相信地望着那村站,口里噜苏着这地方和上次如何两样了。开车的一面发牢骚一面爬到车顶替老太婆拿行李,经验使得他有一种涵养,行旅中少不了有认不得路的老太太,这个道理全世界是一样的,伦敦警察之所以特别和蔼,也是从迷路的老太太孩子们身上得来的。

话说了这许多,你仍然在廊子底下坐着,窗外送来溪流的喧响,兰花烟气味早已消失,四个乡下人这时候当已到了上流"庆和义"磨坊前面。昨天那里磨坊的伙计很好笑的满脸挂着面粉,让你看着磨坊的构造;坊下的木轮,屋里旋转着的石碾,又在高低的院落里,来回看你所不经见的农具在日影下列着。院中一棵老槐、一丛鲜艳的杂花、一条曲曲折折引水的沟渠,伙计和气地说闲话。他用着山西口音,告诉你,那里一年可出五千多包的面粉,每包的价钱约略两块多钱。又说这十几年来,这一带因为山水忽然少了,磨坊关闭了多少家,外国人都把那些磨坊租去做他们避暑的别墅。惭愧的你说,你就是住在一个磨坊里面,他脸上堆起微笑,让面粉一星星在日光下映着,说认得认得,原来你所租的磨坊主人,一个外国牧师,待这村子极和气,乡下人和他还都有好感情。

这真是难得了,并且好感的由来还有实证。就是那一天早上你无意中出去探古寻胜,这一省山明水秀,古刹寺院,动不动就是宋辽的原物,走到山上一个小村的关帝庙里,看到一个铁铎,刻着万历年号,原来是万历赐这村里庆成王的后人的,不知怎样流落到卖古董的手里。七年前让这牧师买去,晚上打着玩,嘹亮的钟声被村人听到,急忙赶来打听,要凑原价买回,情辞恳切。说起这是他们吕姓的祖传宝物,决不能让它流落出境,这牧师于是真个把铁铎还了他们,从此便在关帝庙神前供着。

这样一来你的窗子前面便展开了一张浪漫的图画,打动了你的好奇,管它是隔一层或两层窗子,你也忍不住要打听点底细,怎么明庆成王的后人会姓吕!这下子文章便长了。

如果你的祖宗是皇帝的嫡亲弟弟,你是不会,也不愿,忘掉的。据说庆成王是永乐的弟弟,这赵庄村里的人都是他的后代。不过就是因为他们记得太清楚了,另一朝的皇帝都有些老大不放心,雍正间诏命他们改姓,由姓朱改为姓吕,但是他们还有用二十字排行的方法,使得他们不会弄错他们是这一脉子孙。

这样一来你就有点心跳了,昨天你雇来那打水洗衣服的不也是赵庄村来的,并且还姓吕!果然那土头土脑圆脸大眼的少年是个皇裔贵族,真是有失尊敬了。那么这村子一定穷不了,但事实上则不见得。

田亩一片,年年收成也不坏。家家户户门口有特种围墙,像个小小堡垒——当时防匪用的。屋子里面有大漆衣柜衣箱,柜门上白铜擦得亮亮;炕上棉被红红绿绿也颇鲜艳。可是据说关帝庙里已有四年没有唱戏了,虽然戏台还高巍巍地对着正殿。村子这几年穷了,有一位王孙告诉你,唱戏太花钱,尤其是上边使钱。这里到底是隔个窗子,你不懂了,一样年年好收成,为什么这几年村子穷了,只模模糊糊听到什么军队驻了三年多等,更不懂是,村子向上一年辛苦后的娱乐,关帝庙里唱唱戏,得上面使钱?既然隔个窗子听不明白,你就通气点别尽管问了。

隔着一个窗子你还想明白多少事?昨天雇来吕姓倒水,今天又学洋鬼子东逛西逛,跑到下面养着鸡羊,上面挂有武魁匾额的人家,让他们用你不懂得的乡音招呼你吃菜,炕上坐,坐了半天出到门口,和那送客的女人周旋客气了一回,才恍然大悟,她就是替你倒脏水洗衣裳的吕姓王孙的妈,前晚上还送饼到你家来过!

这里你迷糊了。算了算了!你简直老老实实地坐在你窗子里得了,窗子以外的事,你看了多少也是枉然,大半你是不明白,也不会明白的。

(原载1934年9月5日《大公报·文艺副刊》)

蛛丝和梅花

真真的就是那么两根蛛丝，由门框边轻轻的牵到一枝梅花上。就是那么两根细丝，迎着太阳光发亮……再多了，那还像样么？一个摩登家庭如何能容蛛网在光天白日里作怪，管它有多美丽，多玄妙，多细致，够你对着它联想到一切自然，造物的神工和不可思议处；这两根丝本来就该使人脸红，且在冬天够多特别！可是亮亮的，细细的，倒有点像银，也有点像玻璃制的细丝，委实不算讨厌，尤其是它们那么潇脱风雅，偏偏那样有意无意的斜着搭在梅花的枝梢上。

你向着那丝看，冬天的太阳照满了屋内，窗明几净，每朵含苞的，开透的，半开的梅花在那里挺秀吐香，情绪不禁迷茫缥缈地充溢心胸，在那刹那的时间中振荡。同蛛丝一样的细弱，和不必需，思想开始抛引出去：由过去牵到将来，意识的，非意识的，由门框梅花牵出宇宙，浮云沧波踪迹不定。是人性，艺术，还是哲学，你也无暇计较，你不能制止你情绪的充溢，思想的驰骋，蛛丝梅花竟然是瞬息可以千里！

好比你是蜘蛛，你的周围也有你自织的蛛网，细致地牵引着天地，不怕多少次风雨来吹断它，你不会停止了这生命上基本的活动。此刻"……一枝斜好，幽香不知甚处……"

拿梅花来说吧，一串串丹红的结蕊缀在秀劲的傲骨上，最可爱，最可赏，等半绽将开地错落在老枝上时，你便会心跳！梅花最怕开；开了便没话说。索性残了，沁香拂散同夜里炉火都能成了一种温存的凄清。

记起了，也就是说到梅花，玉兰。初是有个朋友说起初恋时玉兰刚开完，天气每天的暖，住在湖旁，每夜跑到湖边林子里走路，又静坐幽僻石上看隔岸灯火，感到好像仅有如此虔诚地孤对一片泓碧寒星远市，才能把心里情绪抓紧了，放在最可靠最纯净的一撮思想里，始不至亵渎了或是惊着那"瘖瘵思服"的人儿。那是极年轻的男子初恋的情景——对象渺茫高远，反而近求"自我的"郁结深浅——他问起少女的情绪。

就在这里，忽记起梅花。一枝两枝，老枝细枝，横着，虬着，描着影子，喷着细香；太阳淡淡金色地铺在地板上；四壁琳琅，书架上的书和书签都像在发出言语；墙上小对联记不得是谁的集句；中条是东坡的诗。你敛住气，简直不敢喘息，踮起脚，细小的身形嵌在书房中间，看残照当窗，花影摇曳，你像失落了什么，有点迷惘。又像"怪东风着意相寻"，有点儿没主意！浪漫，极端的浪漫。"飞花满地谁为扫？"你问，情绪风似的吹动，卷过，停留在惜花上面。再回头看看，花依旧嫣然不语。"如此娉婷，谁人解看花意，"你更沉默，几乎热情地感到花的寂寞，开始怜花，把同情统统诗意地交给了花心！

这不是初恋，是未恋，正自觉"解看花意"的时代。情绪的不同，不只是男子和女子有分别，东方和西方也甚有差异。情绪即使根本相同，情绪的象征，情绪所寄托，所栖止的事物却常常不同。水和星子同西方情绪的联系，早就成了习惯。一颗星子在蓝天里闪，一流冷涧倾泻一片幽愁的平静，便激起他们诗情的波涌，心里甜蜜地，热情地便唱着由那些鹅羽的笔锋散下来的"她的眼如同星子在暮天里闪"，或是"明丽如同单独的那颗星，照着晚来的天"，或"多少次了，在一流碧水旁边，忧愁倚下她低垂的脸"。

惜花，解花太东方，亲昵自然，含着人性的细致是东方传统的情绪。

此外年龄还有尺寸，一样是愁，却跃跃似喜，十六岁时的，微风零乱，不颓废，不空虚，踏着理想的脚充满希望，东方和西方却一样。人老了脉脉烟雨，愁吟或牢骚多折损诗的活泼。大家如香山，稼轩，东坡，放翁的白发华发，很少不梗在诗里，至少是令人不快。话说远了，刚说是惜花，东方老少都免不了这嗜好，这倒不论老的雪鬓曳杖，深闺里也就攒眉千度。

最叫人惜的花是海棠一类的"春红"，那样娇嫩明艳，开过了残红满地，太招惹同情和伤感。但在西方即使也有我们同样的花，也还缺乏我们的廊庑庭院。有了"庭院深深深几许"才有一种庭院里特有的情绪。如果李易安的"斜风细雨"底下不是"重门须闭"也就不"萧条"得那样深沉可爱；李后主的"终日谁来"也一样的别有寂寞滋味。看花更须庭院，深深锁在里面认识，不时还得有轩窗栏杆，给你一点凭借，虽然也用不着十二栏杆倚遍，那么慵弱无聊。

当然旧诗里伤愁太多；一首诗竟像一张美的证券，可以照着市价去兑现！所以庭花，乱红，黄昏，寂寞太滥，诗常失却诚实。西洋诗，恋爱总站在前头，或是"忘掉"，或是"记起"，月是为爱，花也是为爱，只使全是真情，也未尝不太腻味。就以两边好的来讲。拿他们的月光同我们的月色比，似乎是月色滋味深长得多。花更不用说了；我们的花"不是预备采下缀成花球，或花冠献给恋人的"，却是一树一树绰约的，个性的，自己立在情人的地位上接受恋歌的。

所以未恋时的对象最自然的是花，不是因为花而起的感慨——十六岁时无所谓感慨——仅是刚说过的自觉解花的情绪，寄托在那清丽无语的上边，你心折它绝韵孤高，你为花动了感情,实说你同花恋爱,也未尝不可——那惊讶狂喜也不减于初恋。还有那凝望,那沉思……

一根蛛丝!记忆也同一根蛛丝,搭在梅花上就由梅花枝上牵引出去,虽未织成密网,这诗意的前后,也就是相隔十几年的情绪的联络。

午后的阳光仍然斜照,庭院阒然,离离疏影,房里窗棂和梅花依然伴和成为图案,两根蛛丝在冬天还可以算为奇迹,你望着它看,真有点像银,也有点像玻璃,偏偏那么斜挂在梅花的枝梢上。

二十五年新年漫记

(原载1936年2月2日《大公报·文艺副刊》)

彼　此

朋友又见面了，点点头笑笑，彼此晓得这一年不比往年，彼此是同增了许多经验。个别地说，这时间中每一人的经历虽都有特殊的形相，含着特殊的滋味，需要个别的情绪来分析来描述。

综合地说，这许多经验却是一整片仿佛同式同色，同大小，同分量的迷惘。你触着那一角，我碰上这一头，归根还是那一片迷惘笼罩着彼此。七月！——这两字就如同史歌的开头那么有劲——八月，九月带来了那狂风，后来。后来过了年——那无法忘记的除夕！——又是那一月，二月，三月，到了七月，再接再厉的又到了年夜。现在又是一月二月在开始……谁记得最清楚，这串日子是怎样地延续下来，生活如何地变？想来彼此都不会记得过分清晰，一切都似乎在迷离中旋转，但谁又会忘掉那么切肤的重重忧患的网膜？

经过炮火或流浪的洗礼，变换又变换的日月，难道彼此脸上没有一点记载这经验的痕迹？但是当整一片国土纵横着创痕，大家都是"离散而相失……去故乡而就远"，自然"心婵媛而伤怀兮，眇不知其所跖"，脸上所刻那几道并不使彼此惊讶，所以还只是笑笑好。口角边常添几道酸甜的纹路，可以帮助彼此咀嚼生活。何不默认这一点：在迷惘中人最应该有笑，这种的笑，虽然是敛住神经，敛住肌肉，仅是毅力的后背，它却是必需的，如同保护色对于许多生物，是必需的一样。

那一晚在××江心，某一来船的甲板上，热臭的人丛中，他记起他那时的困顿饥渴和狼狈，旋绕他头上的却是那真实倒如同幻象，幻象又成了真实的狂敌杀人的工具，敏捷而近代型的飞机：美丽得像鱼像鸟……这里黯然的一掬笑是必需的，因为同样的另外一个人懂得那原始的骤然唤起纯筋肉反射作用的恐怖。他也正在想那时他在××车站台上露宿，天上有月，左右有人，零落如同被风雨摧落后的落叶，瑟索地蜷伏着，他们心里都在回味那一天他们所初次尝到的敌机的轰炸！谈话就可以这样无限制的延长，因为现在都这样的记忆——比这样更辛辣苦楚的——在各人心里真是太多了！随便提起一个地名大家所熟悉的都会或商埠，随着全会涌起怎样的一个最后印象！

再说初入一个陌生城市的一天——这经验现在又多普遍——尤其是在夜间，这里就把个别的情形和感触除外，在大家心底曾留下的还不是一剂彼此都熟识的清凉散？苦里带涩，那滋味侵入脾胃时，小小的冷噤会轻轻在背脊上爬过，用不着丝毫锐性的感伤！也许他可以说他在那夜进入某某城内时，看到一列小店门前凄惶的灯，黄黄的发出奇异的晕光，使他嗓子里如梗着刺，感到一种发紧的触觉。你所记得的却是某一号车站后面黯白的煤汽灯射到陌生的街心里，使你心里好像失落了什么。

那陌生的城市，在地图上指出时，你所经过的同他所经过的也可以有极大的距离，你同他当时的情形也可以完全的不相同。但是在这里，个别的异同似乎非常之不相干；相干的仅是你我会彼此点头，彼此会意，于是也会彼此地笑笑。

七月在卢沟桥与敌人开火以后，纵横中国土地上的脚印密密地衔接起来，更加增了中国地域广漠的证据。每个人参加过这广漠地面上流转的大韵律的，对于尘土和血，两件在寻常不多为人所理会的，极寻常的天然质素，现在每人在他个别的角上，对它们都发生了莫大亲切的认识。每一寸土，每一滴血，这种话，已是可接触，可把持的十分真实的事物，不仅是一句话一个"概念"而已。

在前线的前线，兴奋和疲劳已掺拌着尘土和血另成一种生活的形体魂魄。睡与醒中间，饥与食中间，生和死中间，距离短得几乎不存在！生活只是一股力，死亡一片沉默的恨，事情简单得无可再简单。尚在生存着的，继续着是力，死去的也继续着堆积成更大的恨。恨又生力，力又变恨，惘惘地却勇敢地循环着，其它一切则全是悬在这两者中间悲壮热烈地穿插。

在后方，事情却没有如此简单，生活仍然缓弛地伸缩着；食宿生死间距离恰像黄昏长影，长长的，尽向前引伸，像要扑入夜色，同夜溶成一片模糊。在日夜宽泛的循回里于是穿插反更多了，真是天地无穷，人生长勤。生之穿插零乱而琐屑，完全无特殊的色泽或轮廓，更不必说英雄气息壮烈成分。斑斑点点仅像小血锈凝在生活上，在你最不经意中烙印生活。如果你有志不让生活在小处窳败，逐渐减损，由锐而钝，由张而弛，你就得更感谢那许多极平常而琐碎的磨擦，无日无夜地透过你的神经，肌肉或意识。这种时候，叹息是悬起了，因一切虽然细小，却绝非从前所熟识的感伤。每件经验都有它粗壮的真实，没有叹息的余地。口边那酸甜的纹路是实际哀乐所刻画而成，是一种坚忍韧性的笑。因为生活既不是简单的火焰时，它本身是很沉重，需要韧性的支持，需要产生这韧性支持的力量。

现在后方的问题，是这种力量的源泉在哪里？决不凭着平日均衡的理智——那是不够的，天知道！尤其是在这时候，情感就在皮肤底下"踊跃其若汤"，似乎它所需要的是超理智的冲动！现在后方被缓的生活，紧的情感，两面磨擦得愁郁无快，居戚戚而不可解，每个人都可以苦恼而又热情地唱"终长夜之曼曼兮，掩此哀而不去"，或"宁溘死而流亡兮，不忍为此之常愁！"支持这日子的主力在哪里呢？你我生死，就不检讨它的意义以自大。也还需要一点结实的凭借才好。

我认得有个人，很寻常地过着国难日子的寻常人，写信给他朋友说，他的嗓子虽然总是那么干哑，他却要哑着嗓子私下告诉他的朋友：他感到无论如何在这时候，他为这可爱的老国家带着血活着，或流着血或不流着血死去，他都觉到荣耀，异于寻常的，他现在对于生与死都必然感到满足。这话或许可以在许多心弦上叩起回响，我常思索这简单朴实的情感是从哪里来的。信念？像一道泉流透过意识，我开始明了理智同热血的冲动以外，还有个纯真的力量的出处。信心产生力量，又可储蓄力量。

信仰坐在我们中间多少时候了，你我可曾觉察到？信仰所给予我们的力量不也正是那坚忍韧性的倔强？我们都相信，我们只要都为它忠贞地活着或死去，我们的大国家自会永远地向前迈进，由一个时代到又一个时代。我们在这生是如此艰难，死是这样容易的时候，彼此仍会微笑点头的缘故也就在这里吧？现在生活既这样的彼此患难同味，这信心自是，我们此时最主要的联系，不信你问他为什么仍这样硬朗地活着，他的回答自然也是你的回答，如果他也问你。

信仰坐在我们中间多少时候了？那理智热情都不能代替的信心！

思索时许多事，在思流的过程中，总是那么晦涩，明了时自己都好笑所想到的是那么简单明显的事实！此时我拭下额汗，差不多可以意识到自己口边的纹路，我尊重着那酸甜的笑，因为我明白起来，它是力量。

话不用再说了，现在一切都是这么彼此，这么共同，个别的情绪这么不相干。当前的艰苦不是个别的，而是普遍的，充满整一个民族，整一个时代！我们今天所叫做生活的，过后它便是历史。客观的无疑我们彼此所熟识的艰苦正在展开一个大时代。所以别忽略了我们现在彼此地点点头。且最好让我们共同酸甜的笑纹，有力地，坚韧地，横过历史。

（原载1939年2月5日《今日评论》第1卷第6期）

一片阳光

放了假，春初的日子松弛下来。将午未午时候的阳光，澄黄的一片，由窗棂横浸到室内，晶莹地四处射。我有点发怔，习惯地在沉寂中惊讶我的周围。我望着太阳那湛明的体质，像要辨别它那交织绚烂的色泽，追逐它那不着痕迹的流动。看它洁净地映到书桌上时，我感到桌面上平铺着一种恬静，一种精神上的豪兴，情趣上的闲逸；即或所谓"窗明几净"，那里默守着神秘的期待，漾开诗的气氛。那种静，在静里似可听到那一处琤琮的泉流，和着仿佛是断续的琴声，低诉着一个幽独者自娱的音调。看到这同一片阳光射到地上时，我感到地面上花影浮动，暗香吹拂左右，人随着响午的光霭花气在变幻，那种动，柔谐婉转有如无声音乐，令人悠然轻快，不自觉地脱落伤愁。至多，在舒扬理智的客观里使我偶一回头，看看过去幼年记忆步履所留的残迹，有点儿惋惜时间；微微怪时间不能保存情绪，保存那一切情绪所曾流连的境界。

倚在软椅上不但奢侈，也许更是一种过失，有闲的过失。但东坡的辩护"懒者常似静，静岂懒者徒"，不是没有道理。如果此刻不倚榻上而"静"，则方才情绪所兜的小小圈子便无条件地失落了去！人家就不可惜它，自己却实在不能不感到这种亲密的损失的可哀。

就说它是情绪上的小小旅行吧，不走并无不可，不过走走未始不是更好。归根说，我们活在这世上到底最珍惜一些什么？果真珍惜万物之灵的人的活动所产生的种种，所谓人类文化？这人类文化到底又靠一些什么？我们怀疑或许就是人身上那一撮精神同机体的感觉，生理心理所共起的情感，所激发出的一串行为，所聚敛的一点智慧——那么一点点人之所以为人的表现。宇宙万物客观的本无所可珍惜，反映在人性上的山川草木禽兽才开始有了秀丽，有了气质，有了灵犀。反映在人性上的人自己更不用说。没有人的感觉，人的情感，即便有自然，也就没有自然的美，质或神方面更无所谓人的智慧，人的创造，人的一切生活艺术的表现！这样说来，谁该鄙弃自己感觉上的小小旅行？为壮壮自己胆子，我们更该相信唯其人类有这类情绪的驰骋，实际的世间才赓续着产生我们精神所寄托的文物精粹。

此刻我竟可以微微一咳嗽，乃至于用播音的圆润口调说：我们既然无疑地珍惜文化，即尊重盘古到今种种的艺术——无论是抽象的思想的艺术，或是具体的驾驭天然材料另创的非天然形象——则对于艺术所由来的渊源，那点点人的感觉，人的情感智慧（通称人的情绪），又当如何地珍惜才算合理？

但是情绪的驰骋，显然不是诗或画或任何其他艺术建造的完成。这驰骋此刻虽占了自己生活的若干时间，却并不在空间里占任何一个小小位置！这个情形自己需完全明了。此刻它仅是一种无踪迹的流动，并无栖身的形体。它或含有各种或可捉摸的质素，但是好奇地探讨这个质素而具体要表现它的差事，无论其有无意义，除却本人外，别人是无能为力的。我此刻为着一片清婉可喜的阳光，分明自己在对内心交流变化的各种联想发生一种兴趣的注意，换句话说，这好奇与兴趣的注意已是我此刻生活的活动。一种力量又迫着我来把握住这个活动，而设法表现它，这不易抑制的冲动，或即所谓艺术冲动也未可知！只记得冷静的杜工部散散步，看看花，也不免会有"江上被花恼不彻，无处告诉只颠狂"的情绪上一片紊乱！玲珑煦暖的阳光照人面前，那美的感人力量就不减于花，不容我生硬地自己把情绪分划为有闲与实际的两种，而权其轻重，然后再决定取舍的。我也只有情绪上的一片紊乱。

情绪的旅行本偶然的事，今天一开头并为着这片春初晌午的阳光，现在也还是为着它。房间内有两种豪侈的光常叫我的心绪紧张如同花开，趁着感觉的微风，深浅零乱于冷智的枝叶中间。一种是烛光，高高的台座，长垂的烛泪，熊熊红焰当帘幕四下时各处光影掩映。那种闪烁明艳，雅有古意，明明是画中景象，却含有更多诗的成分。另一种便是这初春晌午的阳光，到时候有意无意的大片子洒落满室，那些窗棂栏板几案笔砚浴在光霭中，一时全成了静物图案；再有红蕊细枝点缀几处，室内更是轻香浮溢，叫人俯仰全触到一种灵性。

这种说法怕有点会发生误会，我并不说这片阳光射入室内，需要笔砚花香那些儒雅的托衬才能动人，我的意思倒是：室内顶寻常的一些供设，只要一片阳光这样又幽娴又洒脱地落在上面，一切都会带上另一种动人的气息。

这里要说到我最初认识的一片阳光。那年我六岁，记得是刚刚出了水珠以后——水珠即寻常水痘，不过我家乡的话叫它作水珠。当时我很喜欢那美丽的名字，忘却它是一种病，因而也觉到一种神秘的骄傲。只要人过我窗口问问出"水珠"么？我就感到一种荣耀。那个感觉至今还印在脑子里。也为这个缘故，我还记得病中奢侈的愉悦心境。虽然同其他多次的害病一样，那次我仍然是孤独的被囚禁在一间房屋里休养的。那是我们老宅子里最后的一进房子；白粉墙围着小小院子，北面一排三间，当中夹着一个开敞的厅堂。我病在东头娘的卧室里。西头是婶婶的住房。娘同婶永远要在祖母的前院里行使她们女人们的职务的，于是我常是这三间房屋唯一留守的主人。

在那三间屋子里病着，那经验是难堪的。时间过得特别慢，尤其是在日中毫无睡意的时候。起初，我仅集注我的听觉在各种似脚步，又不似脚步的上面。猜想着，等候着，希望着人来。间或听听隔墙各种琐碎的声音，由墙基底下传达出来又消敛了去。过一会，我就不耐烦了——不记得是怎样的，我就蹑着脚，挨着木床走到房门边。房门向着厅堂斜斜地开着一扇，我便扶着门框好奇地向外探望。

那时大概刚是午后两点钟光景，一张刚开过饭的八仙桌，异常寂寞地立在当中。桌下一片由厅口处射进来的阳光，泄泄融融地倒在那里。一个绝对悄寂的周围伴着这一片无声的金色的晶莹，不知为什么，忽使我六岁孩子的心里起了一次极不平常的振荡。

那里并没有几案花香，美术的布置，只是一张极寻常的八仙桌。如果我的记忆没有错，那上面在不多时间以前，是刚陈列过咸鱼、酱菜一类极寻常俭朴的午餐的。小孩子的心却呆了。或许两只眼睛倒张大一点，四处地望，似乎在寻觅一个问题的答案。为什么那片阳光美得那样动人？我记得我爬到房内窗前的桌子上坐着，有意无意地望望窗外，院里粉墙疏影同室内那片金色和煦绝然不同趣味。顺便我翻开手边娘梳妆用的旧式镜箱，又上下摇动那小排状抽屉，同那刻成花篮形小铜坠子，不时听雀跃过枝清脆的鸟语。心里却仍为那片阳光隐着一片模糊的疑问。

时间经过二十多年，直到今天，又是这样一泄阳光，一片不可捉摸，不可思议流动的而又恬静的瑰宝，我才明白我那问题是永远没有答案的。事实上仅是如此：一张孤独的桌，一角寂寞的厅堂。一只灵巧的镜箱，或窗外断续的鸟语，和水珠——那美丽小孩子的病名——便凑巧永远同初春静沉的阳光整整复斜斜地成了我回忆中极自然的联想。

（原载1946年11月24日《大公报·文艺副刊》）

究竟怎么一回事

写诗究竟是怎么一回事？

写诗，或可说是要抓紧一种一时闪动的力量，一面跟着潜意识浮沉，摸索自己内心所萦回，所着重的情感——喜悦，哀思，忧怨，恋情，或深，或浅，或缠绵，或热烈，又一方面顺着直觉，认识，辨味，在眼前或记忆里官感所触遇的意象——颜色，形体，声音，动静，或细致，或亲切，或雄伟，或诡异；再一方面又追着理智探讨，剖析，理会这些不同的性质，不同分量，流转不定的情感意象所互相融会，交错策动而发生的感念；然后以语言文字（运用其声音意义）经营，描画，表达这内心意象，情绪，理解在同时间或不同时间里，适应或矛盾的所共起的波澜。

写诗，或又可说是自己情感的，主观的，所体验了解到的；和理智的，客观的所体察辨别到的，同时达到一个程度，腾沸横溢，不分宾主地互相起了一种作用，由于本能的冲动，凭着一种天赋的兴趣和灵巧，驾驭一串有声音，有图画，有情感的言语，来表现这内心与外物息息相关的联系，及其所发生的悟理或境界。

写诗，或又可以说是若不知其所以然的，灵巧的，诚挚的，在传译给理想的同情者，自己内心所流动的情感穿过繁复的意象时，被理智所窥探而由直觉与意识分着记取的符录！一方面似是惨淡经营——至少是专诚致意，一方面似是借力于平时不经意的准备，"下笔有神"的妙手偶然拈来；忠于情感，又忠于意象，更忠于那一串刹那间内心整体闪动的感悟。

写诗，或又可说是经过若干潜意识的酝酿，突如其来的，在生活中意识到那么凑巧的一顷刻小小时间；凑巧的，灵异的，不能自已的，流动着一片浓挚或深沉的情感，敛聚着重重繁复演变的情绪，更或凝定入一种单纯超卓的意境，而又本能地迫着你要刻画一种适合的表情。这表情积极的，像要流泪叹息或歌唱欢呼，舞蹈演述；消极的，又像要幽独静处，沉思自语。换句话说，这两者合一，便是一面要天真奔放，热情地自白去邀同情和了解，同时又要寂寞沉默，孤僻地自守来保持悠然自得的完美和严肃！

在这一个凑巧的一顷刻小小时间中（着重于那凑巧的），你的所有直觉，理智，官感，情感，记性和幻想，独立的及交互的都迸出它们不平常的锐敏，紧张，雄厚，壮阔及深沉。在它们潜意识的流动——独立的或交互的融会之间——如出偶然而又不可避免地涌上一闪感悟，和情趣——或即所谓灵感——或是亲切的对自我得失悲欢；或辽阔的对宇宙自然；或智慧的对历史人性。这一闪感悟或是混沌朦胧，或是透彻明晰。像光同时能照耀洞察，又能抚摸包含你的所有已经尝味，还在尝味，及幻想尝味的"生"的种种形色质量，且又活跃着其间综错重叠于人于我的意义。

这感悟情趣的闪动——灵感的脚步——来得轻时，好比潺潺清水婉转流畅，自然的洗涤，浸润一切事物情感，倒影映月，梦残歌罢，美感的旋起一种超实际的权衡轻重，可抒成慷慨缠绵千行的长歌，可留下如幽咽微叹般的三两句诗词。愉悦的心声，轻灵的心画，常如啼鸟落花，轻风满月，夹杂着情绪的缤纷；泪痕巧笑，奔放轻盈，若有意若无意地遗留在各种言语文字上。

但这感悟情趣的闪动，若激越澎湃来得强时，可以如一片惊涛飞沙，由大处见到纤微，由细弱的物体看它变动，宇宙人生，幻若苦谜。一切又如经过烈火燃烧锤炼，分散，减化成为净纯的茫焰气质，升处所有情感意象于空幻，神秘，变移无定，或不减不变绝对，永恒的玄哲境域里去，卓越隐奥，与人性情理遥远的好像隔成距离。身受者或激昂通达，或禅寂淡远，将不免挣扎于超情感，超意象，乃至于超言语，以心传心的创造。隐晦迷离，如禅偈玄诗，便不可制止地托生在与那幻想境界几不适宜的文字上，估定其生存权。

写诗……

总而言之，天知道究竟写诗是怎么一回事。在写诗的时候，或者是"我知道，天知道"；到写了之后，最好学Browning不避嫌疑地自讥的，只承认"天知道"，天下关于写诗的笔墨官司便都省了。

我们仅听到写诗人自己说一阵奇异的风吹过，或是一片澄清的月色，一个惊讶，一次心灵的振荡，便开始他写诗的尝试，迷于意境文字音乐的搏斗，但是究竟这灵异的风和月，心灵的振荡和惊讶是什么？是不是仍为那可以追踪到内心直觉的活动；到潜意识后面那综错交流的情感与意象；那意识上理智的感念思想；以及要求表现的本能冲动？灵异的风和月所指的当是外界的一种偶然现象，同时却也是指它们是内心活动的一种引火线。诗人说话没有不打比喻的。

我们根本早得承认诗是不能脱离象征比喻而存在的。在诗里情感必依附在意象上，求较具体的表现；意象则必须明晰地或沉着地，恰适地烘托情感，表征含义。如果这还需要解释，常识的，我们可以问：在一个意识的或直觉的，官感，情感，理智，同时并重的一个时候，要一两句简约的话来代表一堆重叠交错的外象和内心情绪思想所发生的微妙的联系，而同时又不失却原来情感的质素分量，是不是容易或可能的事？一个比喻或一种象征在字面或事物上可以极简单，而同时可以带着字面事物以外的声音颜色形状，引起它们与其他事关系的联想。这个办法可以多方面地来辅助每句话确实的含义，而又加增官感情感理智每方面的刺激和满足，道理甚为明显。

无论什么诗都从不会脱离过比喻象征，或比喻象征式的言语。诗中意象多不是寻常纯客观的意象。诗中的云霞星宿，山川草木，常有人性的感情，同时内心人性的感触反又变成外界的体象，虽简明浅现隐奥繁复各有不同的。但是诗虽不能缺乏比喻象征，象征比喻却并不是诗。

诗的泉源，上面已说过，是意识与潜意识地融会交流综错的情感意象和概念所促成；无疑地，诗的表现必是一种形象情感思想合一的语言。但是这种语言，不能仅是语言，它又须是一种类似动作的表情，这种表情又不能只是表情，而须是一种理解概念的传达。它同时须不断传译情感，描写现象诠释感悟。它不是形体而须创造形体颜色；它是音声，却最多仅要留着长短节奏。最要紧的是按着疾徐高下，和有限的铿锵音调，依附着一串单独或相联的字义上边；它须给直觉意识，情感理智，以整体的快惬。

因为相信诗是这样繁难的一列多方面条件的满足，我们不能不怀疑到纯净意识的，理智的，或可以说是"技术的"创造——或所谓"工"之绝无能为。诗之所以发生，就不叫它作灵感的来临，主要的亦在那一闪力量突如其来，或灵异的一刹那的"凑巧"，将所有繁复的"诗的因素"都齐集荟萃于一俄顷偶然的时间里。所以诗的创造或完成，主要亦当在那灵异的，凑巧的，偶然的活动一部分属意识，一部分属直觉，更多一部分属潜意识的，所谓"不以文而妙"的"妙"。理智情感，明晰隐晦都不失之过偏。意象瑰丽迷离，转又朴实平淡，像是纷纷纭纭不知所从来，但飘忽中若有必然的缘素可寻，理解玄奥繁难，也像是纷纷纭纭莫明所以。但错杂里又是斑驳分明，情感穿插联系其中，若有若无，给草木气候，给热情颜色。一首好诗在一个会心的读者前边有时真会是一个奇迹！但是伤感流丽，铺张的意象，涂饰的情感，用人工连缀起来，疏忽地看去，也未尝不像是诗。故作玄奥渊博，颠倒意象，堆砌起重重理喻的诗，也可以赫然惊人一下。

　　写诗究竟是怎么一回事，真是唯有天知道得最清楚！读者与作者，读者与读者，作者与作者关于诗的意见，历史告诉我传统的是要永远地差别分歧，争争吵吵到无尽时。因为老实地说，谁也仍然不知道写诗是怎么一回事的，除却这篇文字所表示的，勉强以抽象的许多名词，具体的一些比喻来捉摸描写那一种特殊的直觉活动，献出一个极不能令人满意的答案。

（原载1936年8月30日《大公报·文艺副刊》）

诗 歌

谁爱这不息的变幻

谁爱这不息的变幻,她的行径?
催一阵急雨,抹一天云霞,月亮,
星光,日影,在在都是她的花样,
更不容峰峦与江海偷一刻安定。
骄傲的,她奉着那荒唐的使命;
看花放蕊树凋零,娇娃做了娘;
叫河流凝成冰雪,天地变了相;
都市喧哗,再寂成广漠的夜静!
虽说千万年在她掌握中操纵,
她不曾遗忘一丝毫发的卑微。
难怪她笑永恒是人们造的谎,
来抚慰恋爱的消失,死亡的痛。
但谁又能参透这幻化的轮回,
谁又大胆地爱过这伟大的变换?

四月十二日,香山

(原载1931年4月《诗刊》第2期)

笑

笑的是她的眼睛，口唇，
和唇边浑圆的漩涡。
艳丽如同露珠，
朵朵的笑向
贝齿的闪光里躲。
那是笑——神的笑，美的笑；
水的映影，风的轻歌。

笑的是她惺忪的鬈发，
散乱的挨着她耳朵。
轻软如同花影，
痒痒的甜蜜
涌进了你的心窝。
那是笑——诗的笑，画的笑；
云的留痕，浪的柔波。

（原载1931年9月《新月诗选》）

情　愿

我情愿化成一片落叶，
让风吹雨打到处飘零；
或流云一朵，在澄蓝天，
和大地再没有些牵连。

但抱紧那伤心的标志，
去触遇没着落的怅惘；
在黄昏，夜半，蹑着脚走，
全是空虚，再莫有温柔；

忘掉曾有这世界，有你；
哀悼谁又曾有过爱恋；
落花似的落尽，忘了去
这些个泪点里的情绪。

到那天一切都不存留，
比一闪光，一息风更少
痕迹，你也要忘掉了我
曾经在这世界里活过。

（原载1931年9月《新月诗选》）

激 昂

我要借这一时的豪放
和从容，灵魂清醒的
在喝一泉甘甜的鲜露，
来挥动思想的利剑，
舞它那一瞥最敏锐的
锋芒，像皑皑塞野的雪
在月的寒光下闪映，
喷吐冷激的辉艳；——斩，
斩断这时间的缠绵，
和猥琐网布的纠纷，
剖取一个无瑕的透明，
看一次你，纯美，
你的裸露的庄严。
…………

然后踩登
任一座高峰，攀牵着白云
和锦样的霞光，跨一条
长虹，瞰临着澎湃的海，
在一穹匀净的澄蓝里，
书写我的惊讶与欢欣，
献出我最热的一滴眼泪，

我的信仰,至诚,和爱的力量,
永远膜拜,
膜拜在你美丽的面前!

五月,香山

(原载1931年9月《北斗》创刊号)

山中一个夏夜

山中一个夏夜,深得
像没有底一样;
黑影,松林密密的
周围没有点光亮。
对山闪着只一盏灯———两盏
像夜的眼,夜的眼在看!

满山的风全蹑着脚
像是走路一样;
躲过了各处的枝叶
各处的草,不响。
单是流水,不断的在山谷上
石头的心,石头的口在唱。

均匀的一片静,罩下
像张软垂的幔帐。
疑问不见了,四角里
模糊,是梦在窥探?
夜像在祈祷,无声的在期待,
幽郁的虔诚在无声里布漫。

一九三一年

(选自1933年6月《新月》第4卷第7期)

莲 灯

如果我的心是一朵莲花，
正中擎出一枝点亮的蜡，
荧荧虽则单是那一剪光，
我也要它骄傲的捧出辉煌。
不怕它只是我个人的莲灯，
照不见前后崎岖的人生——
浮沉它依附着人海的浪涛
明暗自成了它内心的秘奥。
单是那光一闪花一朵——
像一叶轻舸驶出了江河——
宛转它飘随命运的波涌
等候那阵阵风向远处推送。
算做一次过客在宇宙里，
认识这玲珑的生从容的死，
这飘忽的途程也就是个——
也就是个美丽美丽的梦。

二十一年七月半，香山

（原载1933年3月《新月》第4卷第6期）

你是人间的四月天

——一句爱的赞颂

我说你是人间的四月天；
笑响点亮了四面风；轻灵
在春的光艳中交舞着变。

你是四月早天里的云烟，
黄昏吹着风的软，星子在
无意中闪，细雨点洒在花前。

那轻，那娉婷，你是，鲜妍
百花的冠冕你戴着，你是
天真，庄严，你是夜夜的月圆。

雪化后那片鹅黄，你像；新鲜
初放芽的绿，你是；柔嫩喜悦
水光浮动着你梦期待中白莲。

你是一树一树的花开，是燕
在梁间呢喃，——你是爱，是暖，
是希望，你是人间的四月天！

（选自1934年4月5日《学文》第1卷第1期）

那一晚

那一晚我的船推出了河心，
澄蓝的天上托着密密的星。
那一晚你的手牵着我的手，
迷惘的星夜封锁起重愁。
那一晚你和我分定了方向，
两人各认取个生活的模样。

到如今我的船仍然在海面飘，
细弱的桅杆常在风涛里摇。
到如今太阳只在我背后徘徊，
层层的阴影留守在我周围。
到如今我还记着那一晚的天，
星光、眼泪、白茫茫的江边！
到如今我还想念你岸上的耕种：
红花儿黄花儿朵朵的生动。

那一天我希望要走到了顶层，
蜜一般酿出那记忆的滋润。
那一天我要跨上带羽翼的箭，
望着你花园里射一个满弦。
那一天你要听到鸟般的歌唱，
那便是我静候着你的赞赏。

那一天你要看到零乱的花影,

那便是我私闯入当年的边境!

(原载1931年4月《诗刊》第2期 署名:尺棰)

深夜里听到乐声

这一定又是你的手指，
轻弹着，
在这深夜，稠密的悲思。

我不禁颊边泛上了红，
静听着，
这深夜里弦子的生动。

一声听从我心底穿过，
忒凄凉
我懂得，但我怎能应和？

生命早描定她的式样，
太薄弱
是人们的美丽的想象。

除非在梦里有这么一天，
你和我
同来攀动那根希望的弦。

（原载1931年9月《新月诗选》）

仍 然

你舒伸得像一湖水向着晴空里
白云,又像是一流冷涧,澄清
许我循着林岸穷究你的泉源:
我却仍然怀抱着百般的疑心
对你的每一个映影!

你展开像个千瓣的花朵!
鲜妍是你的每一瓣,更有芳沁,
那温存袭人的花气,伴着晚凉:
我说花儿,这正是春的捉弄人,
来偷取人们的痴情!

你又学叶叶的书篇随风吹展,
揭示你的每一个深思;每一角心境,
你的眼睛望着,我不断的在说话:
我却仍然没有回答,一片的沉静
永远守住我的魂灵。

(原载1931年9月《新月诗选》)

桃 花

桃花,

那一树的嫣红,

像是春说的一句话:

朵朵露凝的娇艳,

是一些

玲珑的字眼,

一瓣瓣的光致,

又是些

柔的匀的吐息;

含着笑,

在有意无意间

生姿的顾盼。

看——

那一颤动在微风里

她又留下,淡淡的,

在三月的薄唇边,

一瞥,

一瞥多情的痕迹!

二十年五月,香山

(原载1931年10月《诗刊》第3期)

秋天，这秋天

这是秋天，秋天，
风还该是温软；
太阳仍笑着那微笑，
闪着金银，夸耀
他实在无多了的
最奢侈的早晚！
这里那里，在这秋天，
斑彩错置到各处
山野，和枝叶中间，
像醉了的蝴蝶，或是
珊瑚珠翠，华贵的失散，
缤纷降落到地面上。
这时候心得像歌曲，
由山泉的水光里闪动，
浮出珠沫，溅开
山石的喉嗓唱。
这时候满腔的热情
全是你的，秋天懂得，
秋天懂得那狂放——
秋天爱的是那不经意
不经意的凌乱！

但是秋天，这秋天，
他撑着梦一般的喜筵，
不为的是你的欢欣：
他撒开手，一掬璎珞，
一把落花似的幻变，
还为的是那不定的
悲哀，归根儿蒂结住
在这人生的中心！
一阵萧萧的风，起自
昨夜西窗的外沿，
摇着梧桐树哭。——
起始你怀疑着：
荷叶还没有残败；
小划子停在水流中间；
夏夜的细语，夹着虫鸣，
还信得过仍然偎着
耳朵旁温甜；
但是梧桐叶带来桂花香，
已打到灯盏的光前。
一切都两样了，他闪一闪说，
只要一夜的风，一夜的幻变。
冷雾迷住我的两眼，
在这样的深秋里，
你又同谁争？现实的背面
是不是现实，荒诞的，
果属不可信的虚妄？
疑问抵不住简单的残酷，

再别要悯惜流血的哀惶，
趁一次里，要认清
造物更是摧毁的工匠。

信仰只一细炷香，
那点子亮再经不起西风
沙沙的隔着梧桐树吹！
如果你忘不掉，忘不掉
那同听过的鸟啼；
同看过的花好，信仰
该在过往的中间安睡。……
秋天的骄傲是果实，
不是萌芽——生命不容你
不献出你积累的馨芳；
交出受过光热的每一层颜色；
点点沥尽你最难堪的酸怆。
这时候，
切不用哭泣；或是呼唤；
更用不着闭上眼祈祷
（向着将来的将来空等盼）；
只要低低的，在静里，低下去
已困倦的头来承受——承受
这叶落了的秋天
听风扯紧了弦索自歌挽：
这夜，这夜，这惨的变换！

|林徽因作品精选|

深 笑

是谁笑得那样甜,那样深,
那样圆转?一串一串明珠
大小闪着光亮,迸出天真!
清泉底浮动,泛流到水面上,
灿烂,
分散!

是谁笑得好花儿开了一朵?
那样轻盈,不惊起谁。
细香无意中,随着风过,
拂在短墙,丝丝在斜阳前
挂着
留恋。

是谁笑成这百层塔高耸,
让不知名鸟雀来盘旋?是谁
笑成这万千个风铃的转动,
从每一层琉璃的檐边
摇上
云天?

(选自1936年1月5日《大公报·文艺副刊》)

记 忆

断续的曲子,最美或最温柔的
夜,带着一天的星。
记忆的梗上,谁不有
两三朵娉婷,披着情绪的花
无名的展开
野荷的香馥,
每一瓣静处的月明。

湖上风吹过,头发乱了,或是
水面皱起像鱼鳞的锦。
四面里的辽阔,如同梦
荡漾着中心彷徨的过往
不着痕迹,谁都
认识那图画,
沉在水底记忆的倒影!

一九三六年二月

(选自1936年3月22日《大公报·文艺副刊》)

题剔空菩提叶

认得这透明体,
智慧的叶子掉在人间?
消沉,慈净——
那一天一闪冷焰,
一叶无声的坠地,
仅证明了智慧寂寞
孤零的终会死在风前!
昨天又昨天,美
还逃不出时间的威严;
相信这里睡眠着最美丽的
骸骨,一丝魂魄月边留念——
…………
菩提树下清荫则是去年!

一九三六年四月二十三日

(选自1936年5月17日《大公报·文艺副刊》)

黄昏过泰山

记得那天
心同一条长河,
让黄昏来临,
月一片挂在胸襟。
如同这青黛山,
今天,
心是孤傲的屏障一面;
葱郁,
不忘却晚霞,
苍莽,
却听脚下风起,
来了夜——

(选自1936年7月19日《大公报·文艺副刊》)

静　坐

冬有冬的来意，
寒冷像花——
花有花香，冬有回忆一把。
一条枯枝影，青烟色的瘦细，
在午后的窗前拖过一笔画；
寒里日光淡了，渐斜……
就是那样地
像待客人说话
我在静沉中默啜着茶。

一九三六年十一月

（选自1937年1月31日《大公报·文艺副刊》）

时 间

人间的季候永远不断在转变
春时你留下多处残红,翩然辞别,
本不想回来时同谁叹息秋天!

现在连秋云黄叶又已失落去
辽远里,剩下灰色的长空一片
透彻的寂寞,你忍听冷风独语?

(选自1937年3月14日《大公报·文艺副刊》)

哭三弟恒

——三十年空战阵亡

弟弟，我没有适合时代的语言
来哀悼你的死；
它是时代向你的要求，
简单的，你给了。
这冷酷简单的壮烈是时代的诗
这沉默的光荣是你。

假使在这不可免的真实上
多给了悲哀，我想呼喊，
那是——你自己也明了——
因为你走得太早，
太早了，弟弟，难为你的勇敢，
机械的落伍，你的机会太惨！

三年了，你阵亡在成都上空，
这三年的时间所做成的不同，
如果我向你说来，你别悲伤，
因为多半不是我们老国，
而是他人在时代中碾动，
我们灵魂流血，炸成了窟窿。

我们已有了盟友、物资同军火，
正是你所曾经希望过。
我记得，记得当时我怎样同你
讨论又讨论，点算又点算，
每一天你是那样耐性的等着，
每天却空的过去，慢得像骆驼！

现在驱逐机已非当日你最理想
驾驶的"老鹰式七五"那样——
那样笨，那样慢，啊，弟弟不要伤心，
你已做到你们所能做的，
别说是谁误了你，是时代无法衡量，
中国还要上前，黑夜在等天亮。

弟弟，我已用这许多不美丽言语
算是诗来追悼你，
要相信我的心多苦，喉咙多哑，
你永不会回来了，我知道，
青年的热血做了科学的代替；
中国的悲怆永沉在我的心底。

啊，你别难过，难过了我给不出安慰。
我曾每日那样想过了几回：
你已给了你所有的，同你去的弟兄
也是一样，献出你们的生命；
已有的年轻一切；将来还有的机会，
可能的壮年工作，老年的智慧；

可能的情爱，家庭，儿女，及那所有
生的权利，喜悦；及生的纠纷！
你们给的真多，都为了谁？你相信
今后中国多少人的幸福要在
你的前头，比自己要紧；那不朽
中国的历史，还需要在世上永久。

你相信，你也做了，最后一切你交出。
我既完全明白，为何我还为着你哭？
只因你是个孩子却没有留什么给自己，
小时我盼着你的幸福，战时你的安全，
今天你没有儿女牵挂需要抚恤同安慰，
而万千国人像已忘掉，你死是为了谁！

一九三四年，李庄

（选自1948年5月《文学杂志》第2卷第12期）

展　缓

当所有的情感
都并入一股哀怨
如小河，大河，汇向着
无边的大海——不论
怎么冲急，怎样盘旋——
那河上劲风，大小石卵，
所做成的几处逆流，
小小港湾，就如同
那生命中，无意的宁静
避开了主流；情绪的
平波越出了悲愁。
停吧，这奔驰的血液；
它们不必全然废弛的
都去造成眼泪。
不妨多几次辗转，溯洄流水，
任凭眼前这一切缭乱，
这所有，去建筑逻辑。
把绝望的结论，稍稍
迟缓；拖延时间——
拖延理智的判断——
会再给纯情感一种希望！

（选自1947年5月4日《大公报·星期文艺》）

八月的忧愁

黄水塘里游着白鸭,
高粱梗油青的刚高过头,
这跳动的心怎样安插,
田里一窄条路,八月里这忧愁?

天是昨夜雨洗过的,山岗
照着太阳又留一片影;
羊跟着放羊的转进村庄,
一大棵树荫下罩着井,又像是心!

从没有人说过八月什么话,
夏天过去了,也不到秋天。
但我望着田垄,土墙上的瓜,
仍不明白生活同梦怎样的连牵。

中夜钟声

钟声
敛住又敲散
一街的荒凉
听——
那圆的一颗颗声响,
直沉下时间
静寂的
咽喉。

像哭泣,
像哀恸,
将这僵黑的中夜
葬入那永不见曙星的空洞——
轻——重……
——重——轻……
这摇曳的一声声,
又凭谁的主意
把那余剩的忧惶
随着风冷——
纷纷
掷给还不成梦的
人。

（原载 1933 年 3 月《新月》第 4 卷第 6 期）

年 关

哪里来，又向哪里去，
这不断，不断的行人，
奔波杂逯的，这车马？
红的灯光，绿的紫的，
织成了这可怕，还是
可爱的夜？高的楼影
渺茫天上，都象征些
什么现象？这嘈聒中
为什么又凝着这沉静；
这热闹里，会是凄凉？

这是年关，年关，有人
由街头走着，估计着，
孤零的影子斜映着，
一年，又是一年辛苦，
一盘子算珠的艰和难。
日中你敛住气，夜里，
你喘，一条街，一条街，
跟着太阳灯光往返——
人和人，好比水在流，
人是水，两旁楼是山！
   一年，一年，

连年里，这穿过城市
胸腑的辛苦，成千万，
成千万人流的血汗，
才会造成了像今夜
这神奇可怕的灿烂！
看，街心里横一道影
灯盏上开着血印的花
夜在凉雾和尘沙中
进展，展进，许多口里
在喘着年关，年关……

二十三年废历除夕

（原载1934年2月21日《大公报·文艺副刊》）

忆

新年等在窗外,一缕香,
枝上刚放出一半朵红。
心在转,你曾说过的
几句话,白鸽似的盘旋。

我不曾忘,也不能忘
那天的天澄清的透蓝,
太阳带点暖,斜照在
每棵树梢头,像凤凰。

是你在笑,仰脸望,
多少勇敢话那天,你我
全说了——像张风筝
向蓝穹,凭一线力量。

二十二年岁终

(原载1934年6月《学文》第1卷第2期)

吊玮德

玮德，是不是那样，
你觉到乏了，有点儿
不耐烦，
并不为别的缘故
你就走了，
向着哪一条路？
玮德你真是聪明；
早早的让花开过了
那顶鲜妍的几朵，
就选个这样春天的清晨，
挥一挥袖
对着晓天的烟霞
走去，轻轻的，轻轻的
背向着我们。
春风似的不再停住！

春风似的吹过，
你却留下
永远的那么一颗
少年人的信心；
少年的微笑
和悦的

洒落在别人的新枝上。
我们骄傲
你这骄傲
但你，玮德，独不惆怅
我们这一片
懦弱的悲伤？

黯淡是这人间
美丽不常走来
你知道。
歌声如果有，也只在
几个唇边旋转！
一层一层尘埃，
凄怆是各样的安排，
即使狂飙不起，狂飙不起，
这远近苍茫，
雾里狼烟，
谁还看见花开！

你走了，你也走了，
尽走了，再带着去
那些儿馨芳，
那些个嘹亮，
明天再明天，此后
寂寞的平凡中
都让谁来支持？
一星星理想，难道

从此都空挂到天上？

玮德你真是个诗人

你是这般年轻，好像

天方放晓，钟刚敲响………

你却说倦了，有点儿

不耐烦忍心，

一条虹桥由中间折断；

情愿听杜鹃啼唱，

相信有明月长照，

寒光水底能依稀映成

那一半连环

憬憧中

你诗人的希望！

玮德是不是那样

你觉得乏了，人间的怅惘

你不管；

莲叶上笑着展开

浮烟似的诗人的脚步。

你只相信天外那一条路？

　　　　（原载1935年6月《文艺月刊》第7卷第6期）

林徽因作品精选

灵 感

是你,是花,是梦,打这儿过,
此刻像风在摇动着我;
告诉日子重叠盘盘的山窝;
清泉潺潺流动转狂放的河;
孤僻林里闲开着鲜妍花,
细香常伴着圆月静天里挂;
且有神仙纷纭的浮出紫烟,
衫裾飘忽映影在山溪前;
给人的理想和理想上
铺香花,叫人心和心合着唱;
直到灵魂舒展成条银河,
长长流在天上一千首歌!

是你,是花,是梦,打这里儿过,
此刻像风,在摇动着我;
告诉日子是这样的不清醒;
当中偏响着想不到的一串铃。
树枝里轻声摇曳;金镶上翠,
低了头的斜阳,又一抹光辉。
难怪阶前人忘掉黄昏,脚下草,
高阁古松,望着天上点骄傲;
留下檀香,木鱼,合掌

在神龛前，在蒲团上，
楼外又楼外，幻想彩霞却缀成
凤凰栏杆，挂起了塔顶上灯！

二十四年十月，徽因作于北平

（据手稿）

城楼上

你说什么？
鸭子，太阳，
城墙下那护城河？
——我？
我在想，
——不是不在听——
想怎样
从前……
——
对了，
也是秋天！

你也曾去过，
你？那小树林？
还记得么；
山窝，红叶像火？
映影
湖心里倒浸，
那静？
天！……
（今天的多蓝，你看！）
白云，

像一缕烟。

谁又啰嗦？
你爱这里城墙，
古墓，长歌，
蔓草里开野花朵。
好，我不再讲
从前的，单想
我们在古城楼上
今天———
白鸽，
（你准知道是白鸽？）
飞过面前。

二十四年十月

（原载1935年11月8日《大公报·文艺副刊》）

风　筝

看，那一点美丽
会闪到天空！
几片颜色，
挟住双翅，
心，缀一串红。

飘摇，它高高的去，
逍遥在太阳边
太空里闪
一小片脸，
但是不，你别错看了
错看了它的力量，
天地间认得方向！
它只是
轻的一片，
一点子美
像是希望，又像是梦；
一长根丝牵住
天穹，渺茫——
高高推着它舞去，
白云般飞动，
它也猜透了不是自己，

它知道,知道是风!

正月十一日

(原载1936年2月14日《大公报·文艺副刊》)

别丢掉

别丢掉

这一把过往的热情,

现在流水似的,

轻轻

在幽冷的山泉底,

在黑夜,在松林,

叹息似的渺茫,

你仍要保存着那真!

一样是月明,

一样是隔山灯火,

满天的星,

只使人不见,

梦似的挂起,

你问黑夜要回

那一句话——你仍得相信

山谷中留着

有那回音!

二十一年夏

(原载1936年3月15日《大公报·文艺副刊》)

静　院

你说这院子深深的——
美从不是现成的。
这一掬静，
到了夜，你算，
就需要多少铺张？
月圆了残，叫卖声远了，
隔过老杨柳，一道墙，又转，
初一？凑巧谁又在烧香……
离离落落的满院子，
不定是神仙走过，
仅是迷惘，像梦……
窗槛外或者是暗的，
或透那么一点灯火。

这掬静，院子深深的
——有人也叫它作情绪——
情绪，好，你指点看
有不有轻风，轻得那样
没有声响，吹着凉？
黑的屋脊，自己的，人家的，
兽似的背耸着，又像
寂寞在嘶声的喊！

石阶，尽管沉默，你数，
多少层下去，下去，
是不是还得栏杆，斜斜的
双树的影去支撑？

对了，角落里边
还得有人低着头脸。
会忘掉又会记起——会想，
——那不论——或者是
船去了，一片水，或是
小曲子唱得嘹亮；
或是枝头粉黄一朵，
记不得谁了，又向谁认错！
又是多少年前——夏夜。
有人说：
"今夜，天……"（也许是秋夜）
又穿过藤萝，
指着一边，小声的，"你看，
星子真多！"
草上人描着影子；
那样点头，走，
又有人笑……

静，真的，你可相信
这平铺的一片——
不单是月光，星河，
雪和萤虫也远——

夜，情绪，进展的音乐，
如果慢弹的手指
能轻似蝉翼，
你拆开来看，纷纭，
那玄微的细网
怎样深沉的拢住天地，
又怎样交织成
这细致飘渺的彷徨！

二十五年一月

（原载1936年4月12日《大公报·文艺副刊》）

空想（外四章）

终日的企盼企盼正无着落——
太阳穿窗棂影，种种花样。
暮秋梦远，一首诗似的寂寞，
真怕看光影，花般洒在满墙。

日子悄悄的仅按沉吟的节奏，
尽打动简单曲，像钟摇响。
不是光不流动，花瓣子不点缀时候，
是心漏却忍耐，厌烦了这空想！

你来了

你来了，画里楼阁立在山边，
交响曲，由风到风，草青到天！
阳光投多少个方向，谁管？你，我
如同画里人，掉回头，便就不见！

你来了，花开到深深的深红，
绿萍遮住池塘上一层晓梦，
鸟唱着，树梢交织着枝柯——白云
却是我们，悠忽翻过几重天空！

"九·一八"闲走

天上今早盖着两层灰,
地上一堆黄叶在徘徊,
惘惘的是我跟着凉风转,
荒街小巷,蛇鼠般追随!

我问秋天,秋天似也疑问我:
在这尘沙中又挣扎些什么,
黄雾扼住天的喉咙,
处处仅剩情绪的残破?

但我不信热血不仍在沸腾;
思想不仍铺在街上多少层;
甘心让来往车马狠命的轧压,
待从地面开花,另来一种完整。

藤花前

——独过静心斋

紫藤花开了
轻轻的放着香,
没有人知道……
紫藤花开了
轻轻的放着香,
没有人知道。
楼不管,曲廊不作声,
蓝天里白云行去,
池子一脉静;

水面散着浮萍，
水底下挂着倒影。
紫藤花开了
没有人知道！
蓝天里白云行去，
小院，
无意中我走到花前。
轻香，风吹过
花心，
风吹过我——
望着无语，紫色点。

旅途中

我卷起一个包袱走，
过一个山坡子松，
又走过一个小庙门
在早晨最早的一阵风中。
我心里没有埋怨，人或是神；
天底下的烦恼，连我的
拢总，
像已交给谁去……

前面天空。
山中水那样清，
山前桥那么白净——
我不知道造物者认不认得
自己图画；

乡下人的笠帽，草鞋，

乡下人的性情。

暑中在山东乡间步行，二十五年夏

（原载1936年12月《诗刊》第3期）

|林徽因作品精选|

红叶里的信念

年年不是要看西山的红叶,
谁敢看西山红叶?不是
要听异样的鸟鸣,停在
那一个静幽的树枝头,
是脚步不能自已的走——
走,迈向理想的山坳子
寻觅从未曾寻着的梦:
一茎梦里的花,一种香,
斜阳四处挂着,风吹动,
转过白云,小小一角高楼。

钟声已在脚下,松同松
并立着等候,山野已然
百般渲染豪侈的深秋。
梦在哪里,你的一缕笑,
一句话,在云浪中寻遍,
不知落到哪一处?流水已经
渐渐的清寒,载着落叶
穿过空的石桥,白栏杆,
叫人不忍再看,红叶去年
同踏过的脚迹火一般。

好，抬头，这是高处，心卷起
随着那白云浮过苍茫，
别计算在哪里驻脚，去，
相信千里外还有霞光，
像希望，记得那烟霞颜色，
就不为编织美丽的明天，
为此刻空的歌唱，空的
凄恻，空的缠绵，也该放
多一点勇敢，不怕连牵
斑驳金银般旧积的创伤！

再看红叶每年，山重复的
流血，山林，石头的心胸
从不倚借梦支撑，夜夜
风像利刃削过大土壤，
天亮时沉默焦灼的唇，
忍耐的仍向天蓝，呼唤
瓜果风霜中完成，呈光彩，
自己山头流血，变坟台！
平静，我的脚步，慢点儿去，
别相信谁曾安排下梦来！

一路上枯枝，鸟不曾唱，
小野草香风早不是春天。
停下！停下！风同云，水同
水藻全叫住我，说梦在
背后蝴蝶秋千理想的

|林徽因作品精选|

山坳同这当前现实的
石头子路还缺个牵连!
愈是山中奇妍的黄月光
挂出树尖,愈得相信梦,
梦里斜晖一茎花是谎!

但心不信!空虚的骄傲
秋风中旋转,心仍叫喊
理想的爱和美,同白云
角逐;同斜阳笑吻;同树,
同花,同香,乃至同秋虫
石隙中悲鸣,要携手去;
同奔跃嬉游水面的青蛙,
盲目地再去寻盲目日子——
要现实的热情另涂图画,
要把满山红叶采作花!

这萧萧瑟瑟不断的呜咽,
掠过耳鬓也还卷着温存,
影子在秋光中摇曳,心再
不信光影外有串疑问!
心仍不信,只因是午后,
那片竹林子阳光穿过
照暖了石头,赤红小山坡,
影子长长两条,你同我
曾经参差那亭子石路前,
浅碧波光老树干旁边!

生命中的谎再不能比这把
颜色更鲜艳！记得那一片
黄金天，珊瑚般玲珑叶子
秋风里挂，即使自己感觉
内心流血，又怎样个说话？
谁能问这美丽的后面
是什么？赌博时，眼闪亮，
从不悔那猛上孤注的力量；
都说任何苦痛去换任何一分，
一毫，一个纤微的理想！

所以脚步此刻仍在迈进，
不能自已，不能停！虽然山中
一万种颜色，一万次的变，
各种寂寞已环抱着孤影；
热的减成微温，温的又冷，
焦黄叶压踏在脚下碎裂，
残酷地散排昨天的细屑，
心却仍不问脚步为甚固执，
那寻不着的梦中路线——
仍依恋指不出方向的一边！
西山，我发誓地，指着西山，
别忘记，今天你，我，红叶，
连成这一片血色的伤怆！
知道我的日子仅是匆促的
几天，如果明年你同红叶

再红成火焰，我却不见……
深紫，你山头须要多添
一缕抑郁热情的象征，
记下我曾为这山中红叶，
今天流血地存一堆信念！

（原载1937年1月《新诗》第4期）

十月独行

像个灵魂失落在街边，
我望着十月天上十月的脸。
我向雾里黑影上涂热情
悄悄的看一团流动的月圆。

我也看人流着流着过去，来回
黑影中冲着波浪翻星点
我数桥上栏杆龙样头尾
像坐一条寂寞船，自己拉纤。

我像哭，像自语。我更自己抱歉！
自己焦心，同情，一把心紧似琴弦——
我说哑的，哑的琴我知道，一出曲子
未唱，幻望的手指终未来在上面？

（原载1937年3月7日《大公报·文艺副刊》）

古城春景

时代把握不住时代自己的烦恼——
轻率的不满,就不叫它这时代牢骚——
偏又流成愤怨,聚一堆黑色的浓烟
喷出烟囱,那矗立的新观念,在古城楼对面!

怪得这嫩灰色一片,带疑问的春天
要泥黄色风沙,顺着白洋灰街沿,
再低着头去寻觅那已失落了的浪漫
到蓝布棉帘子,万字栏杆,仍上老店铺门槛?

寻去,不必有新奇的新发现,旧有保障
即使古老些,需要翡翠色甘蔗做拐杖
来支撑城墙下小果摊,那红鲜的冰糖葫芦
仍然光耀,串串如同旧珊瑚,还不怕新时代的
尘土。

(原载1937年4月《新诗》第2卷第1期)

去 春

不过是去年的春天,花香,
红白的相间着一条小曲径,
在今天这苍白的下午,再一次登山
回头看,小山前一片松风
就吹成长长的距离,在自己身旁。

人去时,孔雀绿的园门,白丁香花,
相伴着动人的细致,在此时,
又一次湖水将解的季候,已全变了画。
时间里悬挂,迎面阳光不来,
就是来了也是斜抹一行沉寂记忆,树下。

(原载1937年7月《文学杂志》第1卷第3期)

除夕看花

新从嘈杂着异乡口调的花市上买来，
碧桃雪白的长枝，同红血般的山茶花。
着自己小角隅再用精致鲜艳来结彩，
不为着锐的伤感，仅是钝的还有剩余下！

明知道房里的静定，像弄错了季节，
气氛中故乡失得更远些，时间倒着悬挂；
过年也不像过年，看出灯笼在燃烧着点点血，
帘垂花下已记不起旧时热情、旧日的话。

如果心头再旋转着熟识旧时的芳菲，
模糊如条小径越过无数道篱笆，
纷纭的花叶枝条，草看弄得人昏迷，
今日的脚步，再不甘重踏上前时的泥沙。

月色已冻住，指着各处山头，河水更零乱，
关心的是马蹄平原上辛苦，无响在刻画，
除夕的花已不是花，仅一句言语梗在这里，
抖战着千万人的忧患，每个心头上牵挂。

（原载1939年6月28日香港《大公报·文艺副刊》 署名：灰因）

一 天

今天十二个钟头，
是我十二个客人，
每一个来了，又走了，
最后夕阳拖着影子也走了！
我没有时间盘问我自己胸怀，
黄昏却蹑着脚，
好奇的偷着进来！
我说：朋友，
这次我可不对你诉说啊，
每次说了，伤我一点骄傲。
黄昏黯然，无言的走开，
孤单的，沉默的，我投入夜的怀抱！

三十一年春，李庄

忧 郁

忧郁自然不是你的朋友；
但也不是你的敌人，你对他不能冤屈！
他是你强硬的债主，你呢？是
把自己灵魂压给他的赌徒。

你曾那样拿理想赌博，不幸
你输了；放下精神最后保留的田产，
最有价值的衣裳，然后一切你都
赔上，连自己的情绪和信仰，那不是自然？

你的债权人他是，那么，别尽问他脸貌
到底怎样！呀天，你如果一定要看清
今晚这里有盏小灯，灯下你无妨同他
面对面，你是这样的绝望，他是这样无情！

十一月的小村

我想象我在轻轻的独语：
十一月的小村外是怎样个去处？
是这渺茫江边淡泊的天；
是这映红了的叶子疏疏隔着雾；
是乡愁，是这许多说不出的寂寞；
还是这条独自转折来去的山路？
是村子迷惘了，绕出一丝丝青烟；
是那白沙一片篁竹围着的茅屋？
是枯柴爆裂着灶火的声响，
是童子缩颈落叶林中的歌唱？
是老农随着耕牛，远远过去，
还是那坡边零落在吃草的牛羊？
是什么做成这十一月的心，
十一月的灵魂又是谁的病？
山坳子叫我立住的仅是一面黄土墙；
下午透过云霾那点子太阳！
一棵野藤绊住一角老墙头，斜睨
两根青石架起的大门，倒在路旁
无论我坐着，我又走开，
我都一样心跳；我的心前
虽然烦乱，总像绕着许多云彩，
但寂寂一湾水田，这几处荒坟，

它们永说不清谁是这一切主宰
我折一根柱枝,看下午最长的日影
要等待十一月的回答微风中吹来。

三十三年初冬,李庄

给秋天

正与生命里一切相同，
我们爱得太是匆匆；
好像只是昨天，
你还在我的窗前！

笑脸向着晴空
你的林叶笑声里染红
你把黄光当金子般散开
稚气，豪侈，你没有悲哀。
你的红叶是亲切的牵绊，那零乱
每早必来缠住我的晨光。
我也吻你，不顾你的背影隔过玻璃！
你常淘气的闪过，却不对我忸怩。
可是我爱的多么疯狂，
竟未觉察凄厉的夜晚
已在背后尾随——
等候着把你残忍的摧毁！
一夜呼号的风声
果然没有把我惊醒
等到太晚的那个早晨
啊。天！你已经不见了踪影。
我苛刻的咒诅自己

但现在有谁走过这里
除却严冬铁样长脸
阴雾中,偶然一见。

人　生

人生，
你是一支曲子，
我是歌唱的；
你是河流
我是条船，一片小白帆
我是个行旅者的时候，
你，田野，山林，峰峦。
无论怎样，
颠倒密切中牵连着
你和我，
我永从你中间经过；
我生存，
你是我生存的河道，
理由同力量。
你的存在
则是我胸前心跳里
五色的绚彩
但我们彼此交错
并未彼此留难。
…………
现在我死了，
你——
我把你再交给他人负担！

写给我的大姊

当我去了,还有没说完的话,
好像客人去后杯里留下的茶;
说的时候,同喝的机会,都已错过,
主客黯然,可不必再去惋惜它。
如果有点感伤,你把脸掉向窗外,
落日将尽时,西天上,总还留有晚霞。

一切小小的留恋算不得罪过,
将尽未尽的衷曲也是常情。
你原谅我有一堆心绪上的闪躲,
黄昏时承认的,否认等不到天明;
有些话自己也还不曾说透,
他人的了解是来自直觉的会心。

当我去了,还有没说完的话,
像钟敲过后,时间在悬空里暂挂,
你有理由等待更美好的继续;
对忽然的终止,你有理由惧怕。
但原谅吧,我的话语永远不能完全,
亘古到今情感的矛盾做成了嘶哑。

六点钟在下午

用什么来点缀
六点钟在下午?
六点钟在下午
点缀在你生命中,
仅有仿佛的灯光,
褪败的夕阳,窗外
一张落叶在旋转!

用什么来陪伴
六点钟在下午?
六点钟在下午
陪伴着你在暮色里闲坐,
等光走了,影子变换,
一支烟,为小雨点
继续着,无所盼望!

(原载1948年2月22日《经世日报·文艺周刊》第58期)

一串疯话

好比这树丁香，几枝山红杏，
相信我的心里留着有一串话，
绕着许多叶子，青青的沉静，
风露日夜，只盼五月来开开花！

如果你是五月，八月里为我吹开
蓝空上霞彩，那样子来了春天，
忘掉腼腆，我定要转过脸来，
把一串疯话全说在你的面前！

（原载1948年2月22日《经世日报·文艺周刊》第58期）

小诗（一）

感谢生命的讽刺嘲弄着我，
会唱的喉咙哑成了无言的歌。
一片轻纱似的情绪，本是空灵，
现时上面全打着拙笨补钉。

肩头上先是挑起两担云彩，
带着光辉要在从容天空里安排；
如今黑压压沉下现实的真相，
灵魂同饥饿的脊梁将一起压断！

我不敢问生命现在人该当如何
喘气！经验已如旧鞋底的穿破，
这纷歧道路上，石子和泥土模糊，
还是赤脚方便，去认取新的辛苦。

小诗（二）

小蚌壳里有所有的颜色；
整一条虹藏在里面。
绚彩的存在是他的秘密，
外面没有夕阳，也不见雨点。

黑夜天空上只一片渺茫；
整宇宙星斗那里闪亮，
远距离光明如无边海面，
是每小粒晶莹，给了你方向。

我们的雄鸡

我们的雄鸡从没有以为
自己是孔雀
自信他们鸡冠已够他
仰着头漫步——
一个院子他绕上了一遍
仪表风姿
都在群雌的面前!

我们的雄鸡从没有以为
自己是首领
晓色里他只扬起他的呼声
这呼声叫醒了别人
他经济地保留这种叫喊
(保留那规则)
于是便象征了时间!

一九四八年二月十八日,清华

戏剧 小说 翻译

夜莺与玫瑰

（王尔德童话，林徽因译）

"她说我若为她采得红玫瑰，便与我跳舞。"青年学生哭着说，"但我全园里何曾有一朵红玫瑰？"

夜莺在橡树上巢中听见，从叶丛里望外看，心中诧异。

青年哭道："我园中并没有红玫瑰！"他秀眼里满含着泪珠。"呀！幸福倒靠着这些区区小东西！古圣贤书我已读完，哲学的玄秘我已彻悟，然而因为求一朵红玫瑰不得，我的生活便这样难堪。"

夜莺叹道："真情人竟在这里。以前我虽不曾认识，我却夜夜的歌唱他，我夜夜将他的一桩桩事告诉星辰，如今我见着他了。他的头发黑如风信子花，嘴唇红比他所切盼的玫瑰，但是挚情已使他脸色憔悴，烦恼已在他眉端引着痕迹。"

青年又低声自语："王子今晚宴会跳舞，我的爱人也将与会。我若为她采得红玫瑰，她就和我跳舞直到天明，我若为她采得红玫瑰，我将把她抱在怀里，她的头，在我肩上枕着，她的手，在我手中握着。但我园里没有红玫瑰，我只能寂寞的坐着，看她从我跟前走过，她不理睬我，我的心将要粉碎了。"

"这真是个真情人。"夜莺又说着，"我所歌唱，是他尝受的苦楚：在我是乐的，在他却是悲痛。'爱'果然是件非常的东西。比翡翠还珍重，比玛瑙更宝贵。珍珠，榴石买不得他，黄金亦不能作他的代价，因为他不是在市上出卖，也不是商人贩卖的东西。"

青年说:"乐师们将在乐坛上弹弄丝竹,我那爱人也将按着弦琴的音节舞蹈。她舞得那么翩翩,莲步都不着地,华服的少年们就会艳羡的围着她。但她不同我跳舞,因我没有为她采到红玫瑰。"于是他卧倒在草里,两手掩着脸哭泣。

绿色的小壁虎说:"他为什么哭泣?"说完就竖起尾巴从他跟前跑过。

蝴蝶正追着阳光飞舞,他亦问说:"唉,怎么?"金盏花亦向她的邻居低声探问:"唉,怎么?"夜莺说:"他为着一朵红玫瑰哭泣。"

他们叫道:"为着一朵红玫瑰!真笑话!"那小壁虎本来就刻薄,于是大笑。

然而夜莺了解那青年烦恼里的秘密,她静坐在橡树枝上细想"爱"的玄妙。

忽然她张起棕色的双翼,冲天的飞去。她穿过那树林如同影子一般,如同影子一般的,她飞出了花园。

草地当中站着一株艳美的玫瑰树,她看见那树,向前飞去落在一枝枝头上。

她叫道:"给我一朵鲜红玫瑰,我为你唱我最婉转的歌。"

可是那树摇头。

"我的玫瑰是白的,"那树回答她,"白如海涛的泡沫,白过山巅上积雪。请你到古日晷旁找我兄弟,或者他能应你所求。"

于是夜莺飞到日晷旁边那丛玫瑰上。

她又叫道:"给我一朵鲜红玫瑰,我为你唱最醉人的歌。"

可是那树摇头。

"我的玫瑰是黄的,"那树回答她,"黄如琥珀座上人鱼神的头发,黄过割草人未割以前的金水仙。请你到那边青年窗下找我兄弟,或者他能应你所求。"

于是夜莺飞到青年窗下那丛玫瑰上。

他仍旧叫道:"给我一朵鲜红玫瑰,我为你唱最甜美的歌。"

可是那树摇头。

那树回答她道:"我的玫瑰是红的,红如白鸽的脚趾,红过海底岩下扇动的珊瑚。但是严冬已冻僵了我的血脉,寒霜已啮伤了我的萌芽,暴风已打断了我的枝干,今年我不能再开了。"

夜莺央告说:"一朵红玫瑰就够了。只要一朵红玫瑰!请问有什么法子没有?"那树答道:"有一个法子,只有一个,但是太可怕了,我不敢告诉你。"

"告诉我吧,"夜莺勇敢地说,"我不怕。"

那树说道:"你若要一朵红玫瑰,你需在月色里用音乐来孕育她,然后用你自己的心血染她。你需将胸口顶着一根尖刺,为我歌唱。你需整夜的为我歌唱,那刺需刺入你的心头,你生命的血液得流到我的叶脉里变成我的血。"

夜莺叹道:"用死来换一朵红玫瑰,代价真不小,谁的生命不是宝贵的,坐在青郁的森林里,看太阳在黄金马车里,月亮在白珠辇内驰骋,真是一桩乐事。山楂树散发的味儿真香,山谷里的吊钟花和山坡上的野草真美。然而'爱'比生命更可贵,一个鸟的心又怎能和人的心比?"

忽然她张起棕色的双翼,直冲云霄。她像影子一般穿过花园,穿出树林。

那青年仍僵卧在草地上——方才她离去的地方,他那付秀眼里的泪珠还没有干。夜莺喊道:"高兴吧,快乐吧;你将要采到你那朵红玫瑰了。我将用月下的歌声制成她。我向你所求的报酬,仅是要你做一个真挚的情人,因为哲理虽智,爱比她更慧，权力虽雄，爱比她更伟。焰光的色彩是爱的双翅，烈火的颜色是爱的躯干。她有如蜜的口唇，若兰的吐气。"

青年从草里抬头侧耳静听，但是他不懂夜莺对他所说的话，因他只晓得书上所讲的一切。

那橡树却是懂得，他觉得悲伤，因为他极爱怜那枝上结巢的小夜莺。

他轻声说道："唱一首最后的歌给我听罢，你离去后，我要感到无限的寂寥了。"

于是夜莺为橡树歌唱，她恋别的音调就像在银瓶里涌溢的水浪一般的清越。

她唱罢时，那青年站起身来从衣袋里抽出一本日记簿和一支笔。

他一面走出那树林，一面自语道："那夜莺的确有些姿态。这是人所不能否认的；但是她有感情么？我怕没有。她就像许多美术家一般，尽是仪式，没有诚心。她必不肯为人牺牲。她所想的无非是音乐，可是谁不知道艺术是为己的。虽然，我们总须承认她有醉人的歌喉。可惜那种歌声也是无意义，毫无实用。"于是他回到自己室中，躺在他的小草垫床上想念他的爱人；过了片时他就睡去。

待月娘升到天空，放出她的光艳时，那夜莺也就来到玫瑰枝边，将胸口插在刺上。她胸前插着尖刺，整夜的歌唱，那晶莹的月亮倚在云边静听。她整夜地，歌喉啭着，那刺越插越深，她生命的血液渐渐溢去。

最先她歌颂的是稚男幼女心胸里爱恋的诞生。于是那玫瑰的顶尖枝上结了一苞卓绝的玫瑰蕾，歌儿一首连着一首地唱，花瓣一片跟着一片地开。起先那瓣儿是黯淡的如同河上罩着的薄雾——黯淡的如同晨曦的交际，银灰的好似曙光的翅翼，那枝上玫瑰蕾就像映在银镜里的玫瑰影子或是照在池塘的玫瑰化身。

但是那树还催迫着夜莺紧插那枝刺。"靠紧那刺，小夜莺。"那树连声地叫唤："不然，玫瑰还没开成，晓光就要闯来了。"

于是夜莺越紧插入那尖刺，越扬声地唱她的歌，因她这回所歌颂的是男子与女子性灵里烈情的诞生。

如今那玫瑰瓣上生了一层娇嫩的红晕，如同初吻新娘时新郎的绛颊。但是那刺还未插到夜莺的心房，所以那花心尚留着白色，因为只有夜莺的心血可以染成玫瑰花心。

那树反复催迫着夜莺紧插那枝刺，"靠紧那刺，小夜莺，"那树连声的叫唤，"不然，玫瑰还没开成，晓光就要闯来了。"

于是夜莺紧紧插入那枝刺，那刺居然插入了她的心，但是一种奇痛穿过她的全身，那种惨痛愈猛，愈烈，她的歌声越狂，越壮，因为她这回歌颂的是因死而完成的挚爱和冢中不朽的爱情。

那卓绝的玫瑰于是变作鲜红，如同东方的天色。花的外瓣红同烈火，花的内心赤如绛玉。

夜莺的声音越唱越模糊了，她的双翅拍动起来，她的眼上起了一层薄膜。她的歌声模糊了，她觉得喉间哽咽了。

于是她放出末次的歌声，白色的残月听见，忘记天晓，挂在空中停着。那玫瑰听见，凝神战栗着，在清冷的晓风里瓣瓣地开放。回音将歌声领入山坡上的紫洞，将牧童从梦里惊醒。歌声流到河边苇丛中，苇叶将这信息传与大海。

那树叫道："看，这玫瑰已制成了。"然而夜莺并不回答，她已躺在乱草里死去，那刺还插在心头。

日午时青年开窗望外看。

他叫道:"怪事,真是难遇的幸运,这儿有朵红玫瑰,这样好的玫瑰,我生来从没有见过。它这样的美红定有很繁长的拉丁名字。"说着便俯身下去折了这花。

于是他戴上帽子,跑往教授家去,手里拈着红玫瑰。

教授的女儿正坐在门前卷一轴蓝色绸子,她的小狗伏在她脚前。

青年叫道:"你说过我若为你采得红玫瑰,你便同我跳舞。这里有一朵全世界最珍贵的红玫瑰。你可以将她插在你的胸前,我们同舞的时候,这花便能告诉你,我怎样地爱你。"

那女郎只皱着眉头。

她答说:"我怕这花不能配上我的衣裳;而且大臣的侄子送我许多珠宝首饰,人人都知道珠宝比花草贵重。"

青年怒道:"我敢说你是个无情义的人。"他说完便将玫瑰掷在街心,玫瑰掉在车辙里,让一个车轮轧过。

女郎说:"无情义?我告诉你吧,你实在无礼;况且到底你是谁?不过一个学生文人,我看像大臣侄子鞋上的那银扣,你都没有。"说着站起身来走回房去。

青年走着自语道:"爱好傻呀,远不如伦理学那般有实用,它所告诉我们的,无非是空中楼阁,实际上不会发生的,和缥缈的虚无不可信的事件。在现在的世界里存在,首要有实用的东西,我还是回到我的哲学和玄学书上去吧。"

于是他回到房中取出一本笨重的,满堆着尘土的大书埋头细读。

九十九度中（小说）

　　三个人肩上各挑着黄色，有"美丰楼"字号大圆篓的，用着六个满是泥泞凝结的布鞋，走完一条被太阳晒得滚烫的马路之后，转弯进了一个胡同里去。

　　"劳驾，借光——三十四号甲在哪一头？"在酸梅汤的摊子前面，让过一辆正在飞奔的家车——钢丝轮子亮得晃眼的——又向蹲在墙角影子底下的老头儿，问清了张宅方向后，这三个流汗的挑夫便又努力地往前走。那六只泥泞布履的脚，无条件地，继续着他们机械式的展动。

　　在那轻快的一瞥中，坐在洋车上的卢二爷看到黄篓上饭庄的字号，完全明白里面装的是丰盛的筵席，自然地，他估计到他自己午饭的问题。家里饭乏味，菜蔬缺乏个性，太太的脸难看，你简直就不能对她提到那厨子问题。这几天天太热，太热，并且今天已经二十二，什么事她都能够牵扯到薪水问题上，孩子们再一吵，谁能够在家里吃中饭！

　　"美丰楼饭庄"黄篓上黑字写得很笨大，方才第三个挑夫挑得特别吃劲，摇摇摆摆地使那黄篓左右晃……

　　美丰楼的菜不能算坏，义永居的汤面实在也不错……于是义永居的汤面？还是市场万花斋的点心？东城或西城？找谁同去聊天？逸九新从南边来的住在哪里？或许老孟知道，何不到和记理发馆借个电话？卢二爷估计着，犹豫着，随着洋车的起落。他又好像已经决定了在和记借电话，听到伙计们的招呼："……二爷您好早？……用电话，这边您哪！……"

伸出手臂，他睨一眼金表上所指示的时间，细小的两针分停在两个钟点上，但是分明的都在挣扎着到达十二点上边。在这时间中，车夫感觉到主人在车上翻动不安，便更抓稳了车把，弯下一点背，勇猛地狂跑。二爷心里仍然疑问着面或点心；东城或西城；车已赶过前面的几辆。一个女人骑着自行车，由他左侧冲过去，快镜似的一瞥鲜艳的颜色，脚与腿，腰与背，侧脸、眼和头发，全映进老卢的眼里，那又是谁说过的……老卢就是爱看女人！女人谁又不爱？难道你在街上真闭上眼不瞧那过路的漂亮的！

"到市场，快点。"老卢吩咐他车夫奔驰到终点，于是主人和车夫戴着两顶价格极不相同的草帽，便同在一个太阳底下，向东安市场奔去。

很多好看的碟子和鲜果点心，全都在大厨房院里，从黄色层篓中检点出来。立着监视的有饭庄的"二掌柜"和张宅的"大师傅"；两人都因为胖的缘故，手里都有把大蒲扇。大师傅举着扇扑一下进来凑热闹的大黄狗。

"这东西最讨嫌不过！"这句话大师傅一半拿来骂狗，一半也是来权作和掌柜的寒暄。

"可不是？他×的，这东西最可恶。"二掌柜好脾气地用粗话也骂起狗。

狗无聊地转过头到垃圾堆边闻嗅隔夜的肉骨。

奶妈抱着孙少爷进来，七少奶每月用六元现洋雇她，抱孙少爷到厨房，门房，大门口，街上一些地方喂奶连游玩的。今天的厨房又是这样的不同；饭庄的"头把刀"带着几个伙计在灶边手忙脚乱地炒菜切肉丝，奶妈觉得孙少爷是更不能不来看：果然看到了生人，看到狗，看到厨房桌上全是好看的干果，鲜果，糕饼，点心，孙少爷格外高兴，在奶妈怀里跳，手指着要吃。奶妈随手赶开了几只苍蝇，拣一块山楂糕放到孩子口里，一面和伙计们打招呼。

忽然看到陈升走到院子里找赵奶奶，奶妈对他挤了挤眼，含笑地问："什么事值得这么忙？"同时她打开衣襟露出前胸喂孩子奶吃。

"外边挑担子的要酒钱。"陈升没有平时的温和，或许是太忙了的缘故。老太太这次做寿，比上个月四少奶的小孙少爷的满月酒的确忙多了。

此刻那三个粗蠢的挑夫蹲在外院槐树荫下，用黯黑的毛巾擦他们的脑袋，等候着他们这满身淋汗的代价。一个探首到里院偷偷看院内华丽的景象。

里院和厨房所呈的纷乱固然完全不同，但是它们纷乱的主要原因则是同样的，为着六十九年前的今天。六十九年前的今天，江南一个富家里又添了一个绸缎金银裹托着的小生命。经过六十九个像今年这样流汗天气的夏天，又产生过另十一个同样需要绸缎金银的生命以后，那个生命乃被称为长寿而又有福气的妇人。这个妇人，今早由两个老妈扶着，坐在床前，拢一下斑白稀疏的鬓发，对着半碗火腿稀饭摇头：

"赵妈，我哪里吃得下这许多？你把锅里的拿去给七少奶的云乖乖吃罢……"

七十年的穿插，已经卷在历史的章页里，在今天的院里能呈露出多少，谁也不敢说，事实是今天，将有很多打扮得极体面的男女来庆祝，庆祝能够维持这样长久寿命的女人，并且为这一庆祝，饭庄里已将许多生物的寿命裁削了，拿它们的肌肉来补充这庆祝者的肠胃。

前两天这院子就为了这事改变了模样，簇新的喜棚支出瓦檐丈余尺高。两旁红喜字玻璃方窗，由胡同的东头，和顺车厂的院里是可以看得很清楚的。前晚上六点左右，小三和环子，两个洋车夫的儿子，倒土筐的时候看到了，就告诉他们嬷:"张家喜棚都搭好了,是哪一个孙少爷娶新娘子?"他们嬷为这事,还拿了鞋样到陈大嫂家说个话儿。正看到她在包饺子,笑嘻嘻地得意得很,说老太太做整寿——多好福气——她当家的跟了张老太爷多少年。昨天张家三少奶还叫她进去,说到日子要她去帮个忙儿。

喜棚底下圆桌面就有七八张,方凳更是成叠地堆在一边;几个夫役持着鸡毛帚,忙了半早上才排好五桌。小孩子又多,什么孙少爷,侄孙少爷,姑太太们带来的那几位都够淘气的。李贵这边排好几张,那边小爷们又扯走了排火车玩。天热得厉害,苍蝇是免不了多,点心干果都不敢先往桌子上摆。冰化得也快,篓子底下冰水化了满地!汽水瓶子挤满了厢房的廊上,五少奶看见了只嚷不行,全要冰起来。

全要冰起来!真是的,今天的食品全摆起来够像个菜市,四个冰箱也腾不出一点空隙。这新买来的冰又放在哪里好?李贵手里捧着两个绿瓦盆,私下里咕噜着为这筵席所发生的难题。

赵妈走到外院传话,听到陈升很不高兴地在问三个挑夫要多少酒钱。

"瞅着给罢。"一个说。

"怪热天多赏点吧。"又一个抿了抿干燥的口唇,想到方才胡同口的酸梅汤摊子,嘴里觉着渴。

就是这嘴里渴得难受,杨三把卢二爷拉到东安市场西门口,心想方才在那个"喜什么堂"门首,明明看到王康坐在洋车脚蹬上睡午觉。王康上月底欠了杨三十四吊钱,到现在仍不肯还;只顾着躲他。今天债主遇到赊债的赌鬼,心头起了各种的计算——杨三到饿的时候,脾气常常要比平时坏一点。天本来就太热,太阳简直是冒火,谁又受得了!方才二爷坐在车上,尽管用劲踩铃,金鱼胡同走道的学生们又多,你撞我闯的，挤得真可以的。杨三擦了汗一手抓住车把，拉了空车转回头去找王康要账。

"要不着八吊要六吊，再要不着，要他×的几个混蛋嘴巴！"杨三脖干儿上太阳烫得像火烧。"四吊多钱我买点羊肉，吃一顿好的。葱花烙饼也不坏——谁又说大热天不能喝酒？喝点又怕什么——睡得更香。卢二爷到市场吃饭，进去少不了好几个钟头……"

喜燕堂门口挂着彩，几个乐队里人穿着红色制服，坐在门口喝茶——他们把大铜鼓撂在一旁，铜喇叭夹在两膝中间。杨三知道这又是哪一家办喜事。反正一礼拜短不了有两天好日子，就在这喜燕堂，哪一个礼拜没有一辆花马车，里面搀出花溜溜的新娘？今天的花车还停在一旁。

"王康，可不是他！"杨三看到王康在小挑子的担里买香瓜吃。

"有钱的娶媳妇，和咱们没有钱的娶媳妇，还不是一样？花多少钱娶了她，她也短不了要这个那个的——这年头！好媳妇，好！你瞧怎么着？更惹不起！管你要钱，气你喝酒！再有了孩子，又得顾他们吃，顾他们穿……"

王康说话就是要"逗个乐儿"，人家不敢说的话他敢说，一群车夫听到他的话，各各高兴地凑点尾声。李荣手里捧着大饼，用着他最现成的粗话引着那几个年轻的笑。李荣从前是拉过家车的——可惜东家回南，把事情就搁下来了——他认得字，会看报，他会用新名词来发议论："文明结婚可不同了，这年头是最讲'自由''平等'的了。"底下再引用了小报上捡来离婚的新闻打哈哈。

杨三没有娶过媳妇，他想娶，可是"老家儿"早过去了没有给他定下亲，外面瞎妍的他没敢要。前两天，棚铺的掌柜娘要同他做媒；提起一个姑娘说是什么都不错，这几天不知道怎么又没有讯儿了。今天洋车夫们说笑的话，杨三听了感着不痛快。看看王康的脸在太阳里笑得皱成一团，更使他气起来。

王康仍然笑着说话，没有看到杨三，手里咬剩的半个香瓜里面，黄黄的一把瓜子像不整齐的牙齿向着上面。

"老康！这些日子都到哪里去了？我这儿还等着钱吃饭呢！"杨三乘着一股劲发作。

听到声，王康怔了向后看，"呵，这打哪儿说得呢？"他开始赖帐了，"你要吃饭，你打你×的自己腰包里掏！要不然，你出个份子，进去那里边，"他手指着喜燕堂，"吃个现成的席去。"王康的嘴说得滑了，禁不住这样嘲笑着杨三。

周围的人也都跟着笑起来。

本来准备着对付赖账的巴掌，立刻打在王康的老脸上了。必须的扭打，由蓝布幕的小摊边开始，一直扩张到停洋车的地方。来往汽车的喇叭，像被打的狗，呜呜叫嚎。好几辆正在街心奔驰的洋车都停住了，流汗的车夫连喊着："靠里！瞧车！"脾气暴的人顺口就是："他×的，这大热天，单挑这么个地方！！"

巡警离开了岗位；小孩子们围上来；喝茶的军乐队人员全站起来看；女人们吓得只喊："了不得，前面出事了罢！"

杨三提高嗓子只嚷着问王康："十四吊钱，是你——是你拿走了不是了——"

呼喊的声浪由扭打的两人出发，膨胀，膨胀到周围各种人的口里："你听我说……""把他们拉开……""这样挡着路……瞧腿要紧。"嘈杂声中还有人叉着手远远地喊，"打得好呀，好拳头！"

喜燕堂正厅里挂着金喜字红幛，几对喜联，新娘正在服从号令，连连地深深地鞠躬。外边的喧吵使周围客人的头同时向外面转，似乎打听外面喧吵的原故。新娘本来就是一阵阵地心跳，此刻更加失掉了均衡；一下子撞上，一下子沉下，手里抱着的鲜花随着只是打颤。雷响深入她耳朵里，心房里。……

"新郎新妇——三鞠躬"——"……三鞠躬。"阿淑在迷惘里弯腰伸直，伸直弯腰。昨晚上她哭，她妈也哭，将一串经验上得来的教训，拿出来赠给她——什么对老人要忍耐点，对小的要和气，什么事都要让着点——好像生活就是靠容忍和让步支持着！

她焦心的不是在公婆妯娌间的委曲求全。这几年对婚姻问题谁都讨论得热闹，她就不懂那些讨论的道理遇到实际时怎么就不发生关系。她这结婚的实际，并没有因为她多留心报纸上，新文学上所讨论的婚姻问题，家庭问题，恋爱问题，而减少了问题。

"二十五岁了……"有人问到阿淑的岁数时，她妈总是发愁似的轻轻地回答那问她的人，底下说不清是叹息，是啰嗦。

在这旧式家庭里，阿淑算是已经超出应该结婚的年龄很多了。她知道，父母那急着要她出嫁的神情使她太难堪！他们天天在替她选择合适的人家——其实哪里是选择！反对她尽管反对，那只是消极的无奈何的抵抗，她自己明知道是绝对没有机会选择，乃至于接触比较合适，理想的人物！她挣扎了三年，三年的时间不算短，在她父亲看去那更是不可信的长久……

"余家又托人来提了，你和阿淑商量商量吧，我这身体眼见得更糟，这潮湿天……"父亲的话常常说得很响，故意要她听得见，有时在饭桌上脾气或许更坏一点。"这六十块钱，养活这一大家子！养儿养女都不够，还要捐什么钱？干脆饿死！"有时更直接更难堪："这又是谁的新褂子？阿淑，你别学时髦穿了到处走，那是找不着婆婆家的——外面瞎认识什么朋友我可不答应，我们不是那种人家！"……懦弱的母亲低着头装作缝衣："妈劝你将就点……爹身体近来不好……女儿不能在娘家一辈子的……这家子不算坏；差事不错，前妻没有孩子不能算填房。……"

理论和实际似乎永不发生关系；理论说婚姻得怎样又怎样，今天阿淑都记不得那许多了。实际呢，只要她点一次头，让一个陌生的，异姓的，异性的人坐在她家里，乃至于她旁边，吃一顿饭的手续，父亲和母亲这两三年——竟许已是五六年——来的难题便突然地，在他们是觉得极文明地解决了。

对于阿淑这订婚的疑惧，常使她父亲像小孩子似的自己安慰自己：阿淑这门亲事真是运气呀，说时总希望阿淑听见这话。不知怎样，阿淑听到这话总很可怜父亲，想装出高兴样子来安慰他。母亲更可怜；自从阿淑定婚以来总似乎对她抱歉，常常哑着嗓子说："看我做母亲的这份心上面。"

看做母亲的那份心上面！那天她初次见到那陌生的，异姓的异性的人，那个庸俗的典型触碎她那一点脆弱的爱美的希望，她怔住了，能去寻死，为婚姻失望而自杀么？可以大胆告诉父亲，这婚约是不可能的么？能逃脱这家庭的苛刑（在爱的招牌下的）去冒险，去漂落么？

她没有勇气说什么，她哭了一会儿，妈也流了眼泪，后来妈说："阿淑你这几天瘦了，别哭了，做娘的也只是一份心。……"现在一鞠躬，一鞠躬地和幸福作别，事情已经太晚得没有办法了。

吵闹的声浪愈加明显了一阵，伴娘为新娘戴上戒指，又由赞礼的喊了一些命令。

迷离中阿淑开始幻想那外面吵闹的原因：洋车夫打电车吧，汽车轧伤了人吧，学生又请愿，当局派军警弹压吧……但是阿淑想怎么我还如是焦急，现在我该像死人一样了，生活的波澜该沾不上我了，像已经临刑的人。但临刑也好，被迫结婚也好，在电影里到了这种无可奈何的时候总有一个意料不到快慰人心的解脱,不合法,特赦,恋人骑着马星夜奔波地赶到……但谁是她的恋人?除却九哥!学政治法律,讲究新思想的九哥,得着他表妹阿淑结婚的消息不知怎样?他恨由父母把持的婚姻……但准知道他关心么?他们多少年不来往了,虽然在山东住的时候,他们曾经邻居,两小无猜地整天在一起玩。幻想是不中用的,九哥先就不在北平,两年前他回来过一次,她记得自己遇到九哥扶着一位漂亮的女同学在书店前边,她躲过了九哥的视线,惭愧自己一身不入时的装束,她不愿和九哥的女友做个太难堪的比较。

感到手酸,心酸,浑身打颤,阿淑由一堆人拥簇着退到里面房间休息。女客们在新娘前后彼此寒暄招呼,彼此注意大家的装扮。有几个很不客气地在批评新娘子,显然认为不满意。"新娘太单薄点。"一个摺着十几层下颏的胖女人,摇着扇和旁边的六姨说话。阿淑觉到她自己真可以立刻碰得粉碎;这位胖太太像一座石臼,六姨则像一根铁杵横在前面,阿淑两手发抖拉紧了一块丝巾,听老妈在她头上不住地搬弄那几朵绒花。

随着花露水香味进屋子来的是锡娇和丽丽,六姨的两个女儿,她们的装扮已经招了许多羡慕的眼光。有电影明星细眉的锡娇抓把瓜子嗑着,猩红的嘴唇里露出雪白的牙齿。她暗中扯了她妹妹的衣襟,嘴向一个客人的侧面努了一下。丽丽立刻笑红了脸,拿出一条丝绸手绢蒙住嘴挤出人堆到廊上走。望着已经在席上的男客们。有几个已经提起筷子高高兴兴地在选择肥美的鸡肉,一面讲着笑话,顿时都为着丽丽的笑声,转过脸来,镇住眼看她。丽丽扭一下腰,又摆了一下,软的长衫轻轻展开,露出裹着肉色丝袜的长腿走过另一边去。

年轻的茶房穿着蓝布大褂,肩搭一块桌布,由厨房里出来,两只手拿四碟冷荤,几乎撞住丽丽。闻到花露香味,茶房忘却顾忌地斜过眼看。昨晚他上菜的时候，那唱戏的云娟坐在首席曾对着他笑，两只水钻耳坠，打秋千似的左右晃。他最忘不了云娟旁座的张四爷，抓住她如玉的手臂劝干杯的情形。笑眯眯的带醉的眼，云娟明明是向着正端着大碗三鲜汤的他笑。他记得放平了大碗，心还怦怦地跳。直到晚上他睡不着，躺在院里板凳上乘凉，随口唱几声"孤王……酒醉……"才算松动了些。今天又是这么一个笑嘻嘻的小姐，穿着这一身软，茶房垂下头去拿酒壶，心底似乎恨谁似的一股气。

"逸九你喝一杯什么？"老卢做东这样问。

"我来一杯香桃冰淇凌吧。"

"你去拣几块好点心，老孟。"主人又招呼那一个客。午饭问题算是如此解决了。为着天热，又为着起得太晚，老卢看到点心铺前面挂的"卫生冰淇凌，咖啡，牛乳，各样点心"这种动人的招牌，便决意里面去消磨时光。约到逸九和老孟来聊天，老卢显然很满意了。

三个人之中，逸九最年少，最摩登。在中学时代就是一口英文，屋子里挂着不是"梨娜"就是"琴妮"的相片，从电影杂志里细心剪下来的，圆一张，方一张，满壁动人的娇憨。——他到上海去了两年，跳舞更是出色了，老卢端详着自己的脚，打算找逸九带他到舞场拜老师去。

"哪个电影好，今天下午？"老孟抓一张报纸看。

邻座上两个情人模样男女，对面坐着呆看。男人有很温和的脸，抽着烟没有说话；女人的侧相则颇有动人的轮廓，睫毛长长地活动着，脸上时时浮微笑。她的青纱长衫罩着丰润的肩臂，带着神秘性的淡雅。两人无声地吃着冰淇凌，似乎对于一切完全的满足。

老卢、老孟谈着时局，老卢既是机关人员，时常免不了说"我又有个特别的消息，这样看来里面还有原因"，于是一层一层地做更详细原因地检讨,深深地浸入政治波澜里面。

　　逸九看着女人的睫毛,和浮起的笑涡,想到好几年前同在假山后捉迷藏的琼两条发辫,一个垂前,一个垂后地跳跃。琼已经死了六七年了,谁也没有再提起过她。今天这青长衫的女人,单单叫他心底涌起琼的影子。不可思议的,淡淡的,记忆描着活泼的琼。在极旧式的家庭里淘气,二舅舅提根旱烟管,厉声地出来停止她各种的嬉戏。但是琼只是敛住声音低低地笑。雨下大了,院中满是水,又是琼胆子大,把裤腿卷过膝盖,赤着脚,到水里装摸鱼。不小心她滑倒了,还是逸九去把她抱回来。和琼差不多大小的还有阿淑,住在对门,他们时常在一起玩,逸九忽然记起瘦小,不爱说话的阿淑来。

　　"听说阿淑快要结婚了,孆嘱咐到表姨家问候,不知道阿淑要嫁给谁!"他似乎怕到表姨家。这几年的生疏叫他为难,前年他们遇见一次,装束不入时的阿淑倒有种特有的美,一种灵性……奇怪今天这青长衫女人为什么叫他想起这许多……

　　"逸九,你有相当的聪明手腕,你又能巴结女人,你也应该来试试,我介绍你见老王。"

　　倦了的逸九忽然感到苦闷。

　　老卢手弹着桌边表示不高兴:"老孟你少说话,逸九这位大少爷说不定他倒愿意去演电影呢!"种种都有一点落伍的老卢嘲笑着翻翻年少的朋友出气。

　　青纱长衫的女人和她朋友吃完了,站了起来。男的手托着女人的臂腕,无声地绕过他们三人的茶桌前面,走出门去。老卢、逸九注意到女人有秀美的腿,稳健的步履。两人的融洽,在不言不语中流露出来。

　　"他们是甜心!"

　　"愿有情人都成眷属。"

　　"这女人算好看不?"

三个人同时说出口来，各各有所感触。

午后的热，由窗口外嘘进来，三个朋友吃下许多清凉的东西，更不知做什么好。

"电影院去，咱们去研究一回什么'人生问题''社会问题'吧？"逸九望着桌上的空杯，催促着卢、孟两个走。心里仍然浮着琼的影子。活泼、美丽、健硕，全幻灭在死的幕后，时间一样地向前，计量着死的实在。像今天这样，偶尔地回忆就算是证实琼有过活泼生命的唯一的证据。

东安市场门口洋车像放大的蚂蚁一串，头尾衔接着放在街沿。杨三已不在他寻常停车的地方。

"区里去，好，区里去！咱们到区里说个理去！"就是这样，王康和杨三到底结束了殴打，被两个巡警弹压下来。

刘太太打着油纸伞，端正地坐在洋车上，想念金裁缝太不小心了，今天这件绸衫下摆仍然不合适，领也太小，紧得透不了气，想不到今天这样热，早知道还不如穿纱的去。裁缝赶做的活总要出点毛病。实甫现在脾气更坏一点，老嫌女人们麻烦。每次有个应酬你总要听他说一顿的。今天张老太太做整寿，又不比得寻常的场面可以随便……

对面来了浅蓝色衣服的年轻小姐，极时髦的装束使刘太太睁大了眼注意了。

"刘太太哪里去？"蓝衣小姐笑了笑，远远招呼她一声过去了。

"人家的衣服怎么如此合适！"刘太太不耐烦地举着花纸伞。

"呜呜——呜呜……"汽车的喇叭响得震耳。

"打住。"洋车夫紧抓车把，缩住车身前冲的趋势。汽车过去后，由刘太太车旁走出一个巡警，带着两个粗人：一根白绳由一个的臂膀系到另一个的臂上。巡警执着绳端，板着脸走着。一个粗人显然是车夫；手里仍然拉着空车，嘴里咕噜着。很讲究的车身，各件白铜都擦得放亮，后面铜牌上还镌着"卢"字。这又是谁家的车夫，闹出事让巡警拉走。刘太太恨恨地一想车夫们爱肇事的可恶，反正他们到区里去少不了东家设法把他们保出来的……

"靠里！……靠里！"威风的刘家车夫是不耐烦挤在别人车后的——老爷是局长，太太此刻出去阔绰的应酬，洋车又是新打的，两盏灯发出银光……哗啦一下，靠手板在另一个车边擦了一下，车已猛冲到前头走了。刘太太的花油纸伞在日光中摇摇荡荡地迎着风，顺着街心溜向北去。

胡同口酸梅汤摊边刚走开了三个挑夫。酸凉的一杯水，短时间地给他们愉快，六只泥泞的脚仍然踏着滚烫的马路行去。卖酸梅汤的老头儿手里正数着几十枚铜圆，一把小鸡毛帚夹在腋下。他翻上两颗黯淡的眼珠，看看过去的花纸伞，知道这是到张家去的客人。他想今天为着张家做寿，客人多，他们的车夫少不得来摊上喝点凉的解渴。

"两吊……三吊！……"他动着他的手指，把一叠铜圆收入摊边美人牌香烟的纸盒中。不知道今天这冰够不够使用的，他翻开几重荷叶，和一块灰黑色的破布，仍然用着他黯淡的眼珠向磁缸里的冰块端详了一回。"天不热，喝的人少，天热了，冰又化的太快！"事情哪一件不有为难的地方，他叹口气再翻眼看看过去的汽车。汽车轧起一阵尘土，笼罩着老人和他的摊子。

寒暑表中的水银从早起上升，一直过了九十五度的黑线上。喜棚底下比较荫凉的一片地面上曾聚过各种各色的人物。丁大夫也是其间一个。

丁大夫是张老太太内侄孙，德国学医刚回来不久，麻利，漂亮，现在社会上已经有了声望，和他同席的都借着他是医生的缘故，拿北平市卫生问题做谈料，什么虎疫，伤寒，预防针，微菌，全在吞咽八宝东瓜，瓦块鱼，锅贴鸡，炒虾仁中间讨论过。

"贵医院有预防针，是好极了。我们过几天要来麻烦请教了。"说话的以为如果微菌听到他有打预防针的决心也皆气馁了。

"欢迎，欢迎。"

厨房送上一碗凉菜。丁大夫踌躇之后决意放弃吃这碗菜的权利。

小孩们都抢了盘子边上放的小冰块，含到嘴里嚼着玩，其他客喜欢这凉菜的也就不少。天实在热！

张家几位少奶奶装扮得非常得体，头上都戴朵红花，表示对旧礼教习尚仍然相当遵守的。在院子中盘旋着做主人，各人心里都明白自己今天的体面。好几个星期前就顾虑到的今天，她们所理想到的今天各种成功，已然顺序的，在眼前实现。虽然为着这重要的今天，各人都轮流着觉得受过委屈；生过气；用过心思和手腕；将就过许多不如意的细节。

老太太颤巍巍地喘息着，继续维持着她的寿命。杂乱模糊的回忆在脑子里浮沉。兰兰七岁的那年，送阿旭到上海医病的那年真热……生四宝的时候在湖南，于是生育，病痛，兵乱，行旅，婚娶，没秩序，没规则地纷纷在她记忆下掀动。

"我给老太太拜寿，您给回一声吧。"

这又是谁的声音？这样大！老太太睁开打瞌睡的眼，看一个浓妆的妇人对她鞠躬问好。刘太太——谁又是刘太太，真是的！今天客人太多了，好吃劲。老太太扶着赵妈站起来还礼。

"别客气了，外边坐吧。"二少奶伴着客人出去。

谁又是这刘太太……谁？……老太太模模糊糊地又做了

一些猜想，望着门槛又堕入各种的回忆里去。

　　坐在门槛上的小丫头寿儿，看着院里石榴花出神。她巴不得酒席可以快点开完，底下人们可以吃中饭，她肚子里实在饿得慌。一早眼睛所接触的，大部分几乎全是可口的食品，但是她仍然是饿着肚子，坐在老太太门槛上等候呼唤。她极想再到前院去看看热闹，但为想到上次被打的情形，只得竭力忍耐。在饥饿中，有一桩事她仍然没有忘掉她的高兴。因为老太太的整寿大少奶给她一副银镯。虽然为着捶背而酸乏的手臂懒得转动，她仍不时得意地举起手来，晃摇着她的新镯子。

　　午后的太阳斜到东廊上，后院子暂时沉睡在静寂中。幼兰在书房里和羽哭着闹脾气："你们都欺侮我，上次赛球我就没有去看。为什么要去？反正人家也不欢迎我……慧石不肯说，可是我知道你和阿玲在一起玩得上劲。"抽噎的声音微微地由廊上传来。

　　"等会客人进来了不好看……别哭……你听我说……绝对没有这么回事的。咱们是亲表谁不知道我们亲热，你是我的兰，永远，永远的是我的最爱最爱的……你信我……"

　　"你在哄骗我，我……我永远不会再信你的了……"

　　"你又来伤我，你心狠……"

　　声音微下去，也和缓了许多，又过了一些时候。才有轻轻的笑语声。小丫头仍然饿得慌，仍然坐在门槛上没有敢动，她听着小外孙小姐和羽孙少爷老是吵嘴，哭哭啼啼的，她不懂。一会儿他们又笑着一块儿由书房里出来。

　　"我到婆婆的里间洗个脸去。寿儿你给我打盆洗脸水去。"

　　寿儿得着打水的命令，高兴地站起来。什么事也比坐着等老太太睡醒都好一点。

　　"别忘了晚饭等我一桌吃。"羽说完大步地跑出去。

　　后院顿时又堕入闷热的静寂里；柳条的影子画上粉墙，

太阳的红比得胭脂。墙外天蓝蓝的没有一片云,像戏台上的布景。隐隐地送来小贩子叫卖的声音——卖西瓜的——卖凉席的,一阵一阵。

挑夫提起力气喊他孩子找他媳妇。天快要黑下来,媳妇还坐在门口纳鞋底子;赶着那一点天亮再做完一只。一个月她当家的要穿两双鞋子,有时还不够的,方才当家的回家来说不舒服,睡倒在炕上,这半天也没有醒。她放下鞋底又走到旁边一家小铺里买点生姜,说几句话儿。

断续着呻吟,挑夫开始感到苦痛,不该喝那冰凉的东西,早知道这大暑天,还不如喝口热茶!迷惘中他看到茶碗,茶缸,施茶的人家,碗,碟,果子杂乱地绕着大圆篓,他又像看到张家的厨房。不到一刻他肚子里像纠麻绳一般痛,发狂地呕吐使他沉入严重的症候里和死搏斗。

挑夫媳妇失了主意,喊孩子出去到药铺求点药。那边时常夏天是施暑药的。……

邻居积渐知道挑夫家里出了事,看过报纸的说许是霍乱,要扎针的。张秃子认得大街东头的西医丁家,他披上小褂子,一边扣钮子,一边跑。丁大夫的门牌挂高高的,新漆大门两扇紧闭着。张秃子找着电铃死命地按,又在门缝里张望了好一会,才有人出来开门。什么事?什么事?门房望着张秃子生气,张秃子看着丁宅的门房说:"劳驾——劳驾您大爷,我们'街坊'李挑子中了暑,托我来行点药。"

"丁大夫和管药房先生'出份子去了'没有在家,这里也没有旁人,这事谁又懂得?!"门房吞吞吐吐地说,"还是到对门益年堂打听吧。"大门已经差不多关上。

张秃子又跑了,跑到益年堂,听说一个孩子拿了暑药已经走了。张秃子是信教的,他相信外国医院的药,他又跑到那边医院里打听,等了半天,说那里不是施医院,并且也不收传染病的,医生晚上也都回家了,助手没有得上边话不能随便走开的。

"最好快报告区里,找卫生局里人。"管事的告诉他,但是卫生局又在哪里……

到张秃子失望地走回自己院子里的时候,天已经黑了下来,他听见李大嫂的哭声知道事情不行了。院里磁罐子里还放出浓馥的药味。他顿一下脚,"咱们这命苦的……"他已在想如何去捐募点钱,收殓他朋友的尸体。叫孝子挨家去磕头吧!

天黑了下来,张宅跨院里更热闹,水月灯底下围着许多孩子,看变戏法的由袍子里捧出一大缸金鱼,一盘子"王母蟠桃"献到老太太面前。孩子们都凑上去验看金鱼的真假。老太太高兴地笑。

大爷熟识捧场过的名伶自动地要送戏,正院前边搭着戏台,当差的忙着拦阻外面杂人往里挤,大爷由上海回来,两年中还是第一次——这次碍着母亲整寿的面,不回来太难为情。这几天行市不稳定,工人们听说很活动,本来就不放心走开,并且厂里的老赵靠不住,大爷最记挂……

看到院里戏台上正开场,又看廊上的灯,听听厢房各处传来的牌声,风扇声,开汽水声,大爷知道一切都圆满地进行,明天事完了,他就可以走了。

"伯伯上哪儿去?"游廊对面走出一个清秀的女孩。他怔住了看,慧石——是他兄弟的女儿,已经长的这么大了?大爷伤感着,看他早死兄弟的遗腹女儿,她长得实在像她爸爸……实在像她爸爸……

"慧石,是你。长得这样俊,伯伯快认不得了。"

慧石只是笑,笑。大伯伯还会说笑话,她觉得太料想不到的事,同时她像被电击一样,触到伯伯眼里蕴住的怜爱,一股心酸抓紧了她的嗓子。

她仍只是笑。

"哪一年毕业？"大伯伯问她。

"明年。"

"毕业了到伯伯那里住。"

"好极了。"

"喜欢上海不？"

她摇摇头："没有北平好。可是可以找事做，倒不错。"

伯伯走了，容易伤感的慧石急忙回到卧室里，想哭一哭，但眼睛湿了几回，也就不哭了，又在镜子前抹点粉笑了笑；她喜欢伯伯对她那和蔼态度。嬷常常不满伯伯和伯母的，常说些不高兴他们的话，但她自己却总觉得喜欢这伯伯的。

也许是骨肉关系有种不可思议的亲热，也许是因为感激知己的心，慧石知道她更喜欢她这伯伯了。

厢房里电话铃响。

"丁宅呀，找丁大夫说话？等一等。"

丁大夫的手气不坏，刚和了一牌三翻，他得意地站起来接电话："知道了，知道了，回头就去叫他派车到张宅来接。什么？要暑药的？发痧中暑？叫他到平济医院去吧。"

"天实在热，今天，中暑的一定不少。"五少奶坐在牌桌上抽烟，等丁大夫打电话回来。"下午两点的时候刚刚九十九度啦！"她睁大了眼表示严重。

"往年没有这么热，九十九度的天气在北平真可以的了。"一个客人摇了摇檀香扇，急着想做庄。

咯突一声，丁大夫将电话挂上。

报馆到这时候积渐热闹，排字工人流着汗在机器房里忙着。编辑坐到公事桌上面批阅新闻。本市新闻由各区里送到；编辑略略将张宅名伶送戏一节细细看了看，想到方才同太太在市场吃冰淇凌后，遇到街上的打架，又看看那段厮打的新闻，于是很自然地写着"西四牌楼三条胡同卢宅车夫杨三……"新闻里将杨三王康的争斗形容得非常动听，一直到了"扭区成讼"。

再看一些零碎，他不禁注意到挑夫霍乱数小时毙命一节，感到白天去吃冰淇凌是件不聪明的事。

杨三在热臭的拘留所里发愁，想着主人应该得到他出事的消息了，怎么还没有设法来保他出去。王康则在又一间房子里喂臭虫，苟且地睡觉。

"……哪儿呀，我卢宅呀，请王先生说话……"老卢为着洋车被扣已经打了好几个电话了，在晚饭桌他听着太太的埋怨……那杨三真是太没有样子，准是又喝醉了，三天两回闹事。

"……对啦，找王先生有要紧事，出去饭局了么，回头请他给卢宅来个电话！别忘了！"

这大热晚上难道闷在家里听太太埋怨？杨三又没有回来，还得出去雇车，老卢不耐烦地躺在床上看报，一手抓起一把蒲扇赶开蚊子。

（原载1934年5月《学文》第1卷第1期）

文珍（小说）

家里在复杂情形下搬到另一个城市去，自己是多出来的一件行李。大约七岁，似乎已长大了，篁姊同家里商量接我到她处住半年，我便被送过去了。

起初一切都是那么模糊，重叠的一堆新印象乱在一处；老大的旧房子，不知有多少老老少少的人，楼，楼上憧憧的人影，嘈杂陌生的声音，假山，绕着假山的水池，很讲究的大盆子花，菜圃，大石井，红红绿绿的小孩子，穿着很好看或粗糙的许多妇人围着四方桌打牌的，在空屋里养蚕的，晒干菜的，生活全是那么混乱繁复和新奇。自己却总是孤单，怯生，寂寞。积渐地在纷乱的周遭中，居然挣扎出一点头绪，认到一个凝固的中心，在寂寞焦心或怯生时便设法寻求这个中心，抓紧它，旋绕着它要求一个孩子所迫切需要的保护，温暖，和慰安。

这凝固的中心便是一个约摸十七岁年龄的女孩子。她有个苗条身材，一根很黑的发辫，扎着大红绒绳；两只灵活真叫人喜欢黑晶似的眼珠；和一双白皙轻柔无所不会的手。她叫作文珍。人人都喊她文珍，不管是梳着油光头的妇女，扶着拐杖的老太太，刚会走路的"孙少"，老妈子或门房里人！

文珍随着喊她的声音转，一会儿在楼上牌桌前张罗，一会儿下楼穿过廊子不见了，又一会儿是哪个孩子在后池钓鱼，喊她去寻钓竿，或是另一个追她到园角攀摘隔墙的还不熟透的桑椹。一天之中这扎着红绒绳的发辫到处可以看到，跟着便是那灵活的眼珠。本能的，我知道我寻着我所需要的中心，和骆驼在沙漠中望见绿洲一样。清早上寂寞地踱出院子一边望着银红阳光射在藤萝叶上，一边却盼望着那扎着红绒绳的辫子快点出现。凑巧她过来了；花布衫熨得平平的，就有补的地方，也总是剪成如意或桃子等好玩的式样，雪白的袜子，青布的鞋，轻快地走着路，手里持着一些老太太早上需要的东西，开水、脸盆或是水烟袋，看着我，她就和蔼亲切地笑笑：

"怎么不去吃稀饭？"

难为情地，我低下头。

"好吧，我带你去。尽怕生不行的呀！"

感激的我跟着她走。到了正厅后面，（两张八仙桌上已有许多人在吃早饭）她把东西放在一旁，携着我的手到了中间桌边，顺便地喊声："五少奶，起得真早。"等五少奶转过身来，便更柔声地说："小客人还在怕生呢，一个人在外边吹着，也不进来吃稀饭！"于是把我放在五少奶旁边方凳上，她自去大锅里盛碗稀饭，从桌心碟子里挟出一把油炸花生，拣了一角有红心的盐鸡蛋放在我面前，笑了一笑走去几步，又回头来，到我耳朵边轻轻地说："好好地吃，吃完了，找阿元玩去，他们早上都在后池边看花匠做事，你也去。"或是，"到老太太后廊子找我，你看不看怎样挟燕窝？"

红绒发辫暂时便消失了。

太阳热起来，有天我在水亭子里睡着了，睁开眼正是文珍过来把我拉起来，"不能睡，不能睡，这里又是日头又是风的，快给我进去喝点热茶。"害怕的我跟着她去到小厨房，看着她拿开水冲茶，听她嘴里哼哼地唱着小调。篁姊走过看到我们便喊："文珍，天这么热你把她带到小厨房里做什么？"我当时真怕文珍生气，文珍却笑嘻嘻地："三少奶奶，你这位妹妹真怕生，总是一个人闷着，今天又在水亭里睡着了，你给她想想法子解解闷，这里怪难为她的。"

篁姊看看我说："怎么不找那些孩子玩去？"我没有答应出来，文珍在篁姊背后已对我挤了挤眼，我感激地便不响了。篁姊走去，文珍拉了我的手说："不要紧，不找那些孩子玩时就来找我好了，我替你想想法子。你喜欢不喜欢拆旧衣衫？我给你一把小剪子，我教你。"

于是面对面我们两人有时便坐在树荫下拆旧衣，我不会时她就叫我帮助她拉着布，她一个人剪，一边还同我讲故事。

指着大石井，她说："文环比我大两岁长得顶好看了，好看的人没有好命，更可怜！我的命也不好，可是我长得老实样，没有什么人来欺侮我。"文环是跳井死的丫头，这事发生在我未来这家以前，我就知道孩子们到了晚上，便互相逗着说文环的鬼常常在井边来去。

"文环的鬼真来么？"我问文珍。

"这事你得问芳少爷去。"

我怔住不懂，文珍笑了，"小孩子还信鬼么？我告诉你，文环的死都是芳少爷不好，要是有鬼她还不来找他算账，我看，就没有鬼，文环白死了！"我仍然没有懂，文珍也不再往下讲了，自己好像不胜感慨的样子。

过一会她忽然说："芳少爷讲书倒讲得顶好了，我替你出个主意，等他们早上讲诗的时候，你也去听。背诗挺有意思的，明天我带你去听。"

到了第二天她果然便带了我到东书房去听讲诗。八九个孩子看到文珍进来，都看着芳哥的脸。文珍满不在乎地坐下，芳哥脸上却有点两样，故作镇定地向着我说："小的孩子，要听可不准闹。"我望望文珍，文珍抿紧了嘴不响，打开一个布包，把两本唐诗放在我面前，轻轻地说："我把书都给你带来了。"

芳哥选了一些诗，叫大的背诵，又叫小的跟着念；又讲李太白怎样会喝酒的故事。文珍看我已经很高兴地在听下去，自己便轻脚轻手地走出去了。此后每天我学了一两首新诗，到晚上就去找文珍背给她听，背错了她必提示我，每背出一首她还替我抄在一个本子里——如此文珍便做了我的老师。

五月节中文珍裹的粽子好，做的香袋更是特别出色，许多人便托她做，有的送她缎面鞋料，有的给她旧布衣衫，她都一脸笑高兴地接收了。有一天在她屋子里玩，我看到她桌子上有个古怪的纸包；我问她里边是些什么，她也很稀奇地说连她都不知道。我们两人好奇地便一同打开看。原来里边裹着是一把精致的折扇，上面画着两三朵菊花，旁边细细地写着两行诗。

"这可怪了，"她喊了起来，接着眼珠子一转，仿佛想起什么了，便轻声地骂着，"鬼送来的！"

听到鬼，我便联想到文环，忽然恍然，有点明白这是谁送来的！我问她可是芳哥？她望着我看看，轻轻拍了我一下，好脾气地说："你这小孩子家好懂事，可是，"她转了一个口吻，"小孩子家太懂事了，不好的。"过了一会，看我好像很难过，又笑逗着我："好娇气，一句话都吃不下去！轻轻说你一句就值得掀着嘴这半天！以后怎做人家儿媳妇？"我羞红了脸便和她闹，半懂不懂地大声念扇子上的诗。这下她可真急了，把扇子夺在手里说："你看我稀罕不稀罕爷们的东西！死了一个丫头还不够呀？"一边说一边狠狠地把扇子撕个粉碎，伏在床上哭起来了。

我从来没有想到文珍会哭的，这一来我慌了手脚，趴在她背上摇她，一直到自己也哭了，她才回过头来说："好小姐，这是怎么闹的，快别这样了。"替我擦干了眼泪，又哄了我半天。一共做了两个香包才把我送走。

在夏天有一个薄暮里大家都出来到池边乘凉看荷花，小孩子忙着在后园里捉萤火虫，我把文珍也拉去绕着假山竹林子走，一直到了那扇永远锁闭着的小门前边。阿元说那边住的一个人家是革命党，我们都问革命党是什么样子。要爬在假山上面往那边看。文珍第一个上去，阿元接着把我推上去。等到我的脚自己能立稳的时候，我才看到隔壁院里一个剪发的年轻人，仰着头望着我们笑。文珍急着要下来，阿元却正挡住她的去路。阿元上到山顶冒冒失失地便向着那人问："喂，喂，我问你，你是不是革命党呀？"那人皱一皱眉又笑了笑，问阿元敢不敢下去玩，文珍生气了，说阿元太顽皮，自己便先下去把我也接下去走了。

过了些时，我发现这革命党邻居已同阿元成了至交，时常请阿元由墙上过去玩，他自己也越墙过来同孩子们玩过一两次。他是个东洋留学生，放暑假回家的，很自然地我注意到他注意文珍，可是一切事在我当时都是一片模糊，莫明其所以的。文珍一天事又那么多，有时被孩子们纠缠不过，总躲了起来在楼上挑花做鞋去，轻易不见她到花园里来玩的。

可是忽然间全家里空气突然紧张，大点的孩子被二少奶老太太传去问话；我自己也被篁姊询问过两次关于小孩子们爬假山结交革命党的事，但是每次我都咬定了不肯说有文珍在一起。在那种大家庭里厮混了那么久，我也积渐明白做丫头是怎样与我们不同，虽然我却始终没有看到文珍被打过。

经过这次事件以后，文珍渐渐变沉默了，没有先前活泼了。多半时候都在正厅耳房一带，老太太的房里或是南楼上，看少奶奶们打牌。仅在篁姊生孩子时，晚上过来陪我剪花样玩，帮我写两封家信。看她样子好像很不高兴。

中秋前几天阿元过来，报告我说家里要把文珍嫁出去，已经说妥了人家，一个做生意的，长街小钱庄里管账的，听说文珍认得字，很愿意娶她，一过中秋便要她过门，我一面心急文珍要嫁走，却一面高兴这事的新鲜和热闹。

"文珍要出嫁了！"这话在小孩子口里相传着。但是见到文珍我却没有勇气问她。下意识地，我也觉到这桩事的不妙；一种黯淡的情绪笼罩着文珍要被嫁走的新闻上面。我记起文珍撕扇子那一天的哭，我记起我初认识她时她所讲的文环的故事，这些记忆牵牵连连地放在一起，都似乎叫我非常不安。到后来我忍不住了，在中秋前两夜大月亮和桂花香中看文珍正到我们天井外石阶上坐着时，上去坐在她旁边，无暇思索地问她："文珍，我同你说。你真要出嫁了么？"

文珍抬头看看树枝中间月亮："她们要把我嫁了！"

"你愿意么？"

"什么愿意不愿意的，谁大了都得嫁不是？"

"我说是你愿意嫁给那么一个人家么？"

"为什么不？反正这里人家好，于我怎么着？我还不是个丫头，穿得不好，说我不爱体面，穿得整齐点，便说我闲话，说我好打扮，想男子！……说我……"

她不说下去，我也默然不知道说什么。

"反正，"她接下去说，"丫头小的时候可怜，好容易挨大了，又得遭难！不嫁老在那里磨着，嫁了不知又该受些什么罪！活该我自己命苦，生在凶年……亲爹嬷背了出来卖给人家！"

我以为她又哭了，她可不，忽然立了起来，上个小山坡，踮起脚来连连折下许多桂花枝，拿在手里嗅着。

"我就嫁！"她笑着说，"她们给我说定了谁，我就嫁给谁！管他呢，命要不好，遇到一个醉汉打死了我，不更干脆？反正，文环死在这井里，我不能再在他们家上吊！这个那个都待我好，可是我可伺候够了，谁的事我不做一堆？不待我好，难道还要打我？"

"文珍，谁打过你？"我问。

"好，文环不跳到井里去了么，谁现在还打人？"她这样回答，随着把手里桂花丢过一个墙头，想了想，笑起来。我是完全地莫明其妙。

"现在我也大了，闲话该轮到我了，"她说了又笑，"随他们说去，反正是个丫头，我不怕！……我要跑就跑，跟卖布的，卖糖糕的，卖馄饨的，担臭豆腐挑子沿街喊的，出了门就走了！谁管得了我？"她放声地咭咭呱呱地大笑起来，两只手拿我的额发辫着玩。

我看她高兴，心里舒服起来。寻常女孩子家自己不能提婚姻的事，她竟说要跟卖臭豆腐的跑了，我暗暗稀罕她说话的胆子，自己也跟说疯话："文珍，你跟卖馄饨的跑了，会不会生个小孩子也卖馄饨呀？"文珍的脸忽然白下来，一声不响。

××钱庄管账的来拜节，有人一直领他到正院里来，小孩们都看见了。这人穿着一件蓝长衫，罩一件青布马褂，脸色乌黑，看去真像有了四十多岁，背还有点驼，指甲长长的，两只手老筒在袖里，顽皮的大孩子们眼睛骨碌碌地看着他，口上都在轻轻地叫他新郎。

我知道文珍正在房中由窗格子里可以看得见他，我就跑进去找寻，她却转到老太太床后拿东西，我跟着缠住，她总一声不响。忽然她转过头来对我亲热的一笑，轻轻地，附在我耳后说："我跟卖馄饨的去，生小孩，卖小馄饨给你吃。"说完噗嗤地稍稍大声点笑。我乐极了就跑出去。但所谓"新郎"却已经走了，只听说人还在外客厅旁边喝茶，商谈亲事应用的茶礼，我也没有再出去看。

此后几天，我便常常发现文珍到花园里去，可是几次，我都找不着她，只有一次我看见她从假山后那小路回来。

"文珍你到哪里去？"

她不答应我，仅仅将手里许多杂花放在嘴边嗅，拉着我到池边去说替我打扮个新娘子，我不肯，她就回去了。

又过了些日子我家来人接我回去，晚上文珍过来到我房里替篁姊收拾我的东西。看见房里没有人，她把洋油灯放低了一点，走到床边来同我说："我以为我快要走了，现在倒是你先去，回家后可还记得起来文珍？"

我眼泪挂在满脸，抽噎着说不出话来。

"不要紧，不要紧，"她说，"我到你家来看你。"

"真的么？"我伏在她肩上问。

"那谁知道！"

"你是不是要嫁给那钱庄管账的？"

"我不知道。"

"你要嫁给他，一定变成一个有钱的人了，你真能来我家么？"

"我也不知道。"

我又哭了。文珍摇摇我，说："哭没有用的，我给你写信好不好？"我点点头，就躺下去睡。

回到家后我时常盼望着文珍的信，但是她没有给我信。真的革命了，许多人都跑上海去住，篁姊来我们家说文珍在中秋节后快要出嫁以前逃跑了，始终没有寻着。这消息听到耳里同雷响一样，我说不出的牵挂、担心她。我鼓起勇气地问文珍是不是同一个卖馄饨的跑了，篁姊惊讶地问我："她时常同卖馄饨的说话么？"

我摇摇头说没有。

"我看，"篁姊说，"还是同那革命党跑的！"

一年以后，我还在每个革命画册里想发现文珍的情人。文珍却从没有给我写过一封信。

（原载1936年6月14日《大公报·文艺副刊》）

绣绣（小说）

因为时局，我的家暂时移居到××。对楼张家的洋房子楼下住着绣绣。那年绣绣十一岁，我十三。起先我们互相感觉到使彼此不自然，见面时便都先后红起脸来，准备彼此回避。但是每次总又同时彼此对望着，理会到对方有一种吸引力，使自己不容易立刻实行逃脱的举动。于是在一个下午，我们便有意距离彼此不远地同立在张家楼前，看许多人用旧衣旧鞋热闹地换碗。

还是绣绣聪明，害羞地由人丛中挤过去，指出一对美丽的小磁碗给我看，用秘密亲昵的小声音告诉我她想到家里去要一双旧鞋来换。我兴奋地望着她回家的背影，心里漾起一团愉悦的期待。不到一会子工夫，我便又佩服又喜悦地参观到绣绣同换碗的贩子一段交易的喜剧，变成绣绣的好朋友。

那张小小的图画今天还顶温柔地挂在我的胸口。这些年了，我仍能见到绣绣的两条发辫系着大红绒绳，睁着亮亮的眼，抿紧着嘴，边走边跳地过来，一只背在后面的手里提着一双旧鞋。挑卖磁器的贩子口里衔着旱烟，像一个高大的黑影，笼罩在那两簇美丽得同云一般各色磁器的担子上面！一些好奇的人都伸过头来看。"这么一点点小孩子的鞋，谁要？"贩子坚硬的口气由旱烟管的斜角里呼出来。

"这是一双皮鞋，还新着呢！"绣绣抚爱地望着她手里旧皮鞋。那双鞋无疑地曾经一度给过绣绣许多可骄傲的体面。鞋面有两道鞋扣。换碗的贩子终于被绣绣说服，取下口里旱烟扣在灰布腰带上,把鞋子接到手中去端详。绣绣知道这机会不应该失落。也就很快地将两只渴慕了许多时候的小花碗捧到她手里。但是鹰爪似的贩子的一只手早又伸了过来,将绣绣手里梦一般美满的两只小碗仍然收了回去。绣绣没有话说,仰着绯红的脸,眼睛潮润着失望的光。

我听见后面有了许多嘲笑的声音,感到绣绣孤立的形势和她周围一些侮辱的压迫,不觉起了一种不平。"你不能欺侮她小!"我听到自己的声音威风地在贩子的胁下响,"能换就换换,不能换,就把皮鞋还给她!"贩子没有理我,也不去理绣绣,忙碌地同别人交易,小皮鞋也还夹在他手里。

"换了吧老李,换了吧,人家一个孩子。"人群中忽有个老年好事的人发出含笑慈祥的声音。"倚老卖老"地他将担子里那两只小碗重新捡出交给绣绣同我:"哪,你们两个孩子拿着这两只碗快走吧!"我惊讶地接到一只碗,不知所措。绣绣却挨过亲热的小脸扯着我的袖子,高兴地笑着示意叫我同她一块儿挤出人堆来。那老人或不知道,他那时塞到我们手里的不止是两只碗,并且是一把鲜美的友谊。

自此以后,我们的往来一天比一天亲密。早上我伴绣绣到西街口小庐里买点零星东西。绣绣是有任务的,她到店里所买的东西都是油盐酱醋,她妈妈那一天做饭所必需的物品,当我看到她在店里非常熟识地要她的货物,从容地付出或找入零碎铜圆同吊票时,我总是暗暗地佩服她的能干,羡慕她的经验。最使我惊异的则是她妈妈所给我的印象。黄瘦的,那妈妈是个极懦弱无能的女人,因为带着病,她的脾气似乎非常暴躁。种种的事她都指使着绣绣去做,却又无时无刻不咕噜着,教训着她的孩子。

起初我以为绣绣没有爹,不久我就知道原来绣绣的父亲是个很阔绰的人物。他姓徐,人家叫他徐大爷,同当时许多父亲一样,他另有家眷住在别一处的。绣绣同她妈妈母女两人早就寄住在这张家亲戚楼下两小间屋子里,好像是被忘记了的孤寡。绣绣告诉我,她曾到过她爹爹的家,那还是她那新姨娘没有生小孩以前,她妈叫她去同爹要一点钱,绣绣说时脸红了起来,头低了下去,挣扎着心里各种的羞愤和不平。我没有敢说话,绣绣随着也就忘掉了那不愉快的方面,抬起头来告诉我,她爹家里有个大洋狗非常的好,"爹爹叫它坐下,它就坐下"。还有一架洋钟,绣绣也不能够忘掉"钟上面有个门",绣绣眼里亮起来,"到了钟点,门会打开,里面跳出一只鸟来,几点钟便叫了几次"。"那是——那是爹爹买给姨娘的。"绣绣又偷偷告诉了我。

"我还记得有一次我爹爹抱过我呢,"绣绣说,她常同我讲点过去的事情,"那时候,我还顶小,很不懂事,就闹着要下地,我想那次我爹一定很不高兴的!"绣绣追悔地感到自己的不好,惋惜着曾经领略过又失落了的一点点父亲的爱。"那时候,你太小了当然不懂事。"我安慰着她。"可是……那一次我到爹家里去时,又弄得他不高兴呢!"绣绣心里为了这桩事,大概已不止一次地追想难过着,"那天我要走的时候,"她重新说下去,"爹爹翻开抽屉问姨娘有什么好玩艺儿给我玩,我看姨娘没有答应,怕她不高兴便说,我什么也不要,爹听见就很生气把抽屉关上,说:不要就算了!"——这里绣绣本来清脆的声音显然有点哑,"等我再想说话,爹已经起来把给妈的钱交给我,还说,你告诉她,有病就去医,自己乱吃药,明日吃死了我不管!"这次绣绣伤心地对我诉说着委屈,轻轻抽噎着哭,一直坐在我们后院子门槛上玩,到天黑了才慢慢地踱回家去,背影消失在张家灰黯的楼下。

　　夏天热起来，我们常常请绣绣过来喝汽水，吃藕，吃西瓜。娘把我太短了的花布衫送给绣绣穿，她活泼地在我们家里玩，帮着大家摘菜，做凉粉，削果子做甜酱，听国文先生讲书，讲故事。她的妈则永远坐在自己窗口里，摇着一把蒲扇，不时颤声地喊："绣绣！绣绣！"底下咕噜着一些埋怨她不回家的话，"……同她父亲一样，家里总坐不住！"

　　有一天，天将黑的时候，绣绣说她肚子痛，匆匆跑回家去。到了吃夜饭时候，张家老妈到了我们厨房里说，绣绣那孩子病得很，她妈不会请大夫，急得只坐在床前哭。我家里人听见了就叫老陈妈过去看绣绣，带着一剂什么急救散。我偷偷跟在老陈妈后面，也到绣绣屋子去看她。我看到我的小朋友脸色苍白地在一张木床上呻吟着，屋子在那黑夜小灯光下闷热的暑天里，显得更凌乱不堪。那黄病的妈妈除却交叉着两只手发抖地在床边敲着，不时呼唤绣绣外，也不会为孩子预备一点什么适当的东西。大个子的蚊子咬着孩子的腿同手臂，大粒子汗由孩子额角沁出流到头发旁边。老陈妈慌张前后地转，拍着绣绣的背，又问徐大妈妈——绣绣的妈——要开水，要药锅煎药。我偷个机会轻轻溜到绣绣床边叫她，绣绣听到声音还勉强地睁开眼睛看看我做了一个微笑，吃力地低声说，"蚊香……在屋角……劳驾你给点一根……"她显然习惯于母亲的无用。

　　"人还清楚！"老陈妈放心去熬药。这边徐大妈妈咕噜着，"告诉你过人家的汽水少喝！果子也不好，我们没有那命吃那个……偏不听话，这可招了祸！……你完了小冤家，我的老命也就不要了……"绣绣在呻吟中间显然还在哭辩着。

　　"哪里是那些，妈……今早上……我渴，喝了许多泉水。"家里派人把我拉回去。我记得那一夜我没得好睡，惦记着绣绣，做着种种可怕的梦。绣绣病了差不多一个月，到如今我也不知道到底患的什么病，他们请过两次不同的大夫，每次买过许多杂药。她妈天天给她稀饭吃。正式的医药没有，营养更是等于零的。

因为绣绣的病，她妈妈埋怨过我们，所以她病里谁也不敢送吃的给她。到她病将愈的时候，我天天只送点儿童画报一类的东西去同她玩。

病后，绣绣那灵活的脸上失掉所有的颜色，更显得异样温柔，差不多超尘的洁净，美得好像画里的童神一般，声音也非常脆弱动听，牵得人心里不能不漾起怜爱。但是以后我常常想到上帝不仁的摆布，把这么美好敏感，能叫人爱的孩子虐待在那么一个环境里，明明父母双全的孩子，却那样伶仃孤苦，使她比失却怙恃更茕孑无所依附。当然我自己除却给她一点童年的友谊，作个短时期的游伴以外，毫无其他能力护助着这孩子同她的运命搏斗。

她父亲在她病里曾到她们那里看过她一趟，停留了一个极短的时间。但他因为不堪忍受绣绣妈的一堆存积下的埋怨，他还发气狠心地把她们母女反申斥了、教训了，也可以说是辱骂了一顿。悻悻地他留下一点钱就自己走掉，声明以后再也不来看她们了。

我知道绣绣私下曾希望又希望着她爹去看她们，每次结果都是出了她孩子打算以外的不圆满，这使她很痛苦。这一次她忍耐不住了，她大胆地埋怨起她的妈："妈妈，都是你这样子闹，所以爹气走了，赶明日他再也不来了！"其实绣绣心里同时也在痛苦着埋怨她爹。她有一次就轻声地告诉过我："爹爹也太狠心了，妈妈虽然有脾气，她实在很苦的，她是有病。你知道她生过六个孩子，只剩我一个女的，从前，她常常一个人在夜里哭她死掉的孩子，日中老是做活计，样子同现在很两样；脾气也很好的。"但是绣绣虽然告诉过我——她的朋友——她的心绪，对她母亲的同情，徐大奶奶都只听到绣绣对她一时气愤的埋怨，因此便借题发挥起来，夸张着自己的委屈，向女儿哭闹，谩骂。

  那天张家有人听得不过意了，进去干涉，这一来，更触动了徐大奶奶的歇斯塔尔利亚的脾气，索性气结地坐在地上狠命地咬牙捶胸，疯狂似的大哭。等到我也得到消息过去看她们时，绣绣已哭到眼睛红肿，蜷伏在床上一个角里抽搐得像个可怜的迷路的孩子。左右一些邻居都好奇，好事地进去看她们。我听到出来的人议论着她们事说："徐大爷前月生个男孩子。前几天替孩子做满月办了好几桌席，徐大奶奶本来就气得几天没有吃好饭，今天大爷来又说了她同绣绣一顿，她更恨透了，巴不得同那个新的人拼命去！凑巧绣绣还护着爹，倒怨起妈来，你想，她可不就气疯了，拿孩子来出气么？"我还听见有人为绣绣不平，又有人说："这都是孽债，绣绣那孩子，前世里该了他们什么吧？怪可怜的，那点点年纪，整天这样挨着。你看她这场病也会不死？这不是该他们什么还没有还清么？！"

  绣绣的环境一天不如一天，的确好像有孽债似的，她妈的暴躁比以前更迅速地加增，虽然她对绣绣的病不曾有效地维护调摄，为着忧虑女儿的身体那烦恼的事实却增进她的衰弱怔忡的症候，变成一个极易受刺激的妇人。为着一点点事，她就得狂暴地骂绣绣。有几次简直无理地打起孩子来。楼上张家不胜其烦，常常干涉着，因之又引起许多不愉快的口角，给和平的绣绣更多不方便同为难。

  我自认已不迷信的了，但是人家说绣绣似来还孽债的话，却偏偏深深印在我脑子里，让我回味又回味着，不使我摆脱开那里所隐示的果报轮回之说。读过《聊斋志异》，同《西游记》的小孩子的脑子里，本来就装着许多荒唐的幻想的，无意的迷信的话听了进去便很自然发生了相当影响。此后不多时候我竟暗同绣绣谈起观音菩萨的神通来。两人背着人描下柳枝观音的像夹在书里，又常常在后院向西边虔敬地做了一些滑稽的参拜，或烧几炷家里的蚊香。我并且还教导绣绣暗中临时念"阿弥陀佛，救苦救难观世音菩萨"，告诉她那可以解脱突来的灾难。病得瘦白柔驯，乖巧可人的绣绣，于是真的常常天真地双垂着眼，让长长睫毛美丽地覆在脸上，合着小小手掌，虔意地喃喃向着传说能救苦的观音祈求一些小孩子的奢望。

"可是，小姊姊，还有耶稣呢？"有一天她突然感觉到她所信任的神明问题有点儿蹊跷，我们两人都是进过教会学校的——我们所受的教育，同当时许多小孩子一样本是矛盾的。

"对了，还有耶稣！"我呆然，无法给她合理的答案。

神明本身既发生了问题，神明自有公道慈悲等说也就跟着动摇了。但是一个漂泊不得于父母的寂寞孩子显然需要可皈依的主宰的，所以据我所知道，后来观音同耶酥竟是同时庄严地在绣绣心里受她不断地敬礼！

这样日子渐渐过去，天凉快下来，绣绣已经又被指使着去临近小店里采办杂物，单薄的后影在早晨凉风中摇曳着，已不似初夏时活泼。看到人总是含羞地不说什么话，除却过来找我一同出街外，也不常到我们这边玩了。

突然地有一天早晨，张家楼下发出异样紧张的声浪，徐大奶奶在哭泣中锐声气愤地在骂着，诉着，喘着，与这锐声相间而发的有沉重的发怒的男子口音。事情显然严重。借着小孩子身份，我飞奔过去找绣绣。张家楼前停着一辆讲究的家车，徐大奶奶房间的门开着一线，张家楼上所有的仆人，厨役，打杂同老妈，全在过道处来回穿行，好奇地听着热闹。屋内秩序比寻常还要紊乱，刚买回来的肉在荷叶上挺着，一把蔬菜萎靡的像一把草，搭在桌沿上，放出灶边或菜市里那种特有气味，一堆碗箸，用过的同未用的，全在一个水盆边放着。墙上美人牌香烟的月份牌已让人碰得在歪斜里悬着。最奇怪地是那屋子里冒出从来未有过的雪茄烟的气雾。徐大爷坐在东边木床上。紧紧锁着眉，怒容满面，口里衔着烟，故作从容地抽着，徐大奶奶由邻居里一个老太婆同一个小脚老妈子按在一张旧藤椅上还断续地颤声地哭着。

　　当我进门时，绣绣也正拉着楼上张太太的手进来，看见我头低了下去，眼泪显然涌出，就用手背去擦着已经揉得红肿的眼皮。

　　徐大奶奶见到人进来就锐声地申诉起来。她向着楼上张太太："三奶奶，你听听我们大爷说的没有理的话！……我就有这么半条老命，也不能平白让他们给弄死！我熬了这二十多年，现在难道就这样子把我撑出去？人得有个天理呀！……我打十七岁来到他家，公婆面上什么没有受过，挨过……"

　　张太太望望徐大爷，绣绣也睁着大眼睛望着她的爹，大爷先只是抽着烟严肃地冷酷地不作声。后来忽然立起来，指着绣绣的脸，愤怒地做个强硬的姿势说："我告诉你，不必说那许多废话，无论如何，你今天非把家里那些地契拿出来交还我不可……这真是岂有此理！荒唐之至！老家里的田产地契也归你管了，这还成什么话！"

　　夫妇两人接着都有许多驳难的话；大奶奶怨着丈夫遗弃，克扣她钱，不顾旧情，另有所恋，不管她同孩子两人的生活,在外同那女人浪费。大爷说他妻子,不识大体,不会做人,他没有法子改良她,他只好提另再娶能温顺着他的女人另外过活,坚不承认有何虐待大奶奶处。提到地契,两人各据理由争执,一个说是那一点该是她老年过活的凭借,一个说是祖传家产不能由她做主分配。相持到吃中饭时分,大爷的态度愈变强硬,大奶奶却喘成一团,由疯狂地哭闹,变成无可奈何地啜泣。别人已渐渐退出。

直到我被家里人连催着回去吃饭时,绣绣始终只缄默地坐在角落里,由无望地伴守着两个互相仇视的父母,听着楼上张太太的几次清醒的公平话,尤其关于绣绣自己的地方。张太太说的要点是他们夫妇两人应该看绣绣面上,不要过于固执。她说:"那孩子近来病得很弱。"又说:"大奶奶要留着一点点也是想到将来的事,女孩子长大起来还得出嫁,你不能不给她预备点。"她又说:"我看绣绣很聪明,下季就不进学,开春也应该让她去补习点书。"她又向大爷提议:"我看以后大爷每月再给绣绣筹点学费,这年头女孩不能老不上学,尽在家里做杂务的。"

这些中间人的好话到了那生气的两个人耳里,好像更变成一种刺激,大奶奶听到时只是冷讽着:"人家有了儿子了,还顾了什么女儿!"大爷却说:"我就给她学费,她那小气的妈也不见得送她去读书呀?"大奶奶更感到冤枉了,"是我不让她读书么?你自己不说过,女孩子不用读那么些书么?"

无论如何,那两人固执着偏见,急迫只顾发泄两人对彼此的仇恨,谁也无心用理性来为自己的纠纷寻个解决的途径,更说不到顾虑到绣绣的一切。那时我对绣绣的父母两人都恨透了,恨不得要同他们说理,把我所看到各种的情形全盘不平地倾吐出来,叫他们醒悟,乃至于使他们悔过,却始终因自己年纪太小，他们情形太严重，拿不起力量，懦弱地抑制下来。但是当我咬着牙毒恨他们时，我偶然回头看到我的小朋友就坐在那里，眼睛无可奈何地向着一面，无目的愣着，忽然使我起一种很奇怪的感觉。我悟到此刻在我看去无疑问的两个可憎可恨的人，却是那温柔和平绣绣的父母。我很明白即使绣绣此刻也有点恨他们，但是蒂结在绣绣温婉的心底的，对这两人到底仍是那不可思议的深爱！

　　我在惘惘中回家去吃饭，饭后等不到大家散去，我就又溜回张家楼下。这次出我意料以外的，绣绣房前是一片肃静。外面风刮得很大，树叶和尘土由甬道里卷过，我轻轻推门进去，屋里的情形使我不禁大吃一惊，几乎失声喊出来！方才所有放在桌上木架上的东西，现在一起打得粉碎，扔散在地面上……大爷同大奶奶显然已都不在那里，屋里既无啜泣，也没有沉重的气愤的申斥声，所余仅剩苍白的绣绣，抱着破碎的想望，无限的伤心，坐在老妈子身边。雪茄烟气息尚香馨地笼罩在这一幅惨淡滑稽的画景上面。

　　"绣绣，这是怎么了？"绣绣的眼眶一红，勉强调了一下哽咽的嗓子，"妈妈不给那——那地契，爹气了就动手扔东西，后来……他们就要打起来，隔壁大妈给劝住，爹就气着走了……妈让他们挟到楼上'三阿妈'那里去了。"

　　小脚老妈开始用笤帚把地上碎片收拾起来。

　　忽然在许多凌乱中间，我见到一些花磁器的残体，我急急拉过绣绣两人一同俯身去检验。

　　"绣绣！"我叫起来，"这不是你那两只小磁碗？也……让你爹砸了么？"

　　绣绣泪汪汪地点点头，没有答应，云似的两簇花磁器的担子和初夏的景致又飘过我心头，我捏着绣绣的手，也就默然。外面秋风摇撼着楼前的破百叶窗,两个人看着小脚老妈子将那美丽的尸骸同其他茶壶粗碗的碎片,带着茶叶剩菜,一起送入一个旧簸箕里,葬在尘垢中间。

这世界上许多纷纠使我们孩子的心很迷惑——那年绣绣十一,我十三。

终于在那年的冬天,绣绣的迷惑终止在一个初落雪的清早里。张家楼房背后那一道河水,冻着薄薄的冰,到了中午阳光隔着层层的雾惨白的射在上面,绣绣已不用再缩着脖颈,顺着那条路,迎着冷风到那里去了!无意地她却把她的迷惑留在我心里,飘忽于张家楼前同小店中间直到了今日。

二十六年三月二十日

(原载1937年4月18日《大公报·文艺副刊》)

梅真同他们（话剧）

第一幕

出台人物（按出台先后）：

四十多岁的李太太（已寡）李琼

四小姐 李琼女 李文琪

梅真 李家丫头

荣升 仆人

唐元澜 从国外回来年较长的留学生

大小姐（李前妻所出，非李琼女）李文娟

张爱珠 文娟女友

黄仲维 研究史学喜绘画的青年

地　点：三小姐四小姐共用的书房

时　间：最近的一个冬天寒假里

这三间比较精致的厢房妈妈已经给了女孩子们做书房。（三个女孩中已有一个从大学里毕了业，那两个尚在二年级的兴头上）这房里一切器具虽都是家里书房中旧有的，将就地给孩子们摆设，可是不知从书桌的那一处，书架上，椅子上，睡榻上，乃至于地板上，都显然地透露出青年女生宿舍的气氛。现在房里仅有妈妈同文琪两人，（文琪寻常被称做"老四"，三姊文霞，大姊文娟都不在家）妈妈（李琼）就显然不属于这间屋子的！她是那么雅素整齐，端正地坐在一张直背椅子上看信，很秀气一副花眼眼镜架在她那四十多岁的脸上。"老四"文琪躺在小沙发上看书，那种特殊的蜷曲姿势，就表示她是这里真实的主人毫无疑问！她的眼直愣愣地望着书，自然地、甜蜜地同周围空气合成一片年轻的享乐时光。时间正在寒假的一个下午里，屋子里斜斜还有点太阳，有一盆水仙花，有火炉，有柚子，有橘子，吃过一半的同整个的全有。

妈妈看完信，立起来向周围望望，眼光抚爱地停留在那"老四"的身上，好一会儿，才走过去到另一张矮榻前翻检那上面所放着的各种活计编织物。老四愣愣地看书连翻过几篇书页，又回头往下念。毫未注意到妈妈的行动。

琼　大年下里，你们几个人用不着把房子弄得这么乱呀！（手里提起矮榻上的编织物，又放下）

琪　（由沙发上半仰起头看看又躺下）那是大姊同三姊的东西，一会儿我起来收拾得了。

琼　（慈爱地抿着嘴笑）得了。老四，大约我到吃晚饭时候进来，你也还是这样躺着看书！

琪　（毫不客气地）也许吧！（仍看书）

琼　（仍是无可奈何地笑笑，要走出门又回头）噢，我忘了，二哥信里说，他要在天津住一天，后天早上到家。（稍停）你们是后天晚上请客吧？

琪　后天？噢，对了，后天，（忽然将书合在右胸上稍稍起来一点）二哥说哪一天到？

琼　他说后天早上。

琪　那行了——更好。其实，就说是为他请客，要他高兴一点儿。

琼　二哥说他做了半年的事，人已经变得大人气许多，他还许嫌你们太疯呢！（暗中为最爱的儿子骄傲）

琪　不会，我找了许多他的老同学，还……还请了璨璨。妈妈记得他是不是有点喜欢璨璨？

琼　我可不知道，你们的事，谁喜欢谁，谁来告诉妈呀？我告诉你，你们请客要什么东西，早点告诉我，听差荣升都靠不住的，你尽管孩子气，临时又该着急了。

琪　大姊说她管。

琼　大姊？她从来刚顾得了自己，并且这几天唐元澜回来了，他们的事真有点……（忽然凝思不语，另改了一句话）反正你别太放心了，有事还是早点告诉我好，凡是我能帮忙的我都可以来。

琪　（快活地，感激地由沙发上跳起来仍坐在沙发边沿眼望着妈）真的？妈妈！（撒娇地）妈妈，真的？（把书也仍在一旁）

琼　怎么不信？

琪　信，信，妈妈！（起来扑在妈妈右肩，半推着妈妈走几步）

琼　（同时的）这么大了还撒娇！

琪　妈妈，（再以央求的口气）妈妈……

琼　（被老四扯得要倒，挣扎着维持平衡）什么事？好好地说呀！

琪　我们可以不可以借你的那一套好桌布用？

琼　（犹豫）那块黄边挑花的？

琪　爹买给你的那块。

琼　（戏拨老四脸）亏你记得真！爹过去了这五年，那桌布就算是纪念品了。好吧，我借给你们用。（感伤向老四）今年爹生忌，你提另买把花来孝敬爹。

琪　（自然地）好吧，我再提另买盒糖送你，（逗妈的口气）不沾牙的！

琼　（哀愁的微笑，将出又回头）还有一桩事，我要告诉你。你别看梅真是个丫头，那孩子很有出息，又聪明又能干，你叫她多帮点你的忙……你知道大伯嬷老挑那孩子不是，大姊又常磨她，同她闹，我实在不好说……我很同情梅真，可是就为得大姊不是我生的，许多地方我就很难办！

琪　妈妈放心好了，梅真对我再痛快没有的了。

李琼下，文琪又跳回沙发上伸个大懒腰，重新愣生生地瞪着眼看书。小门轻轻地开了，进来的梅真约摸在十九至廿一岁中间，丰满不瘦，个子并不大，娇憨天生，脸上处处是活泼的表情，尤其是一双伶俐的眼睛顶叫人喜欢。

梅　（把长袍的罩布褂子前襟翻上，里面兜着一堆花生，急促地）四小姐！四小姐！

琪　（正在翻书，不理会）……

梅　李文琪！

琪　（转脸）梅真！什么事这样慌慌张张的？

梅　我——我——（气喘地）我在对过陈太太那儿斗纸牌，斗赢了一大把落花生几只柿子！（把柿子摇晃着放书架上）

琪　好，你又斗牌，一会儿大小姐回来，我给你"告"去。

梅　（顽皮地捧着衣襟到沙发前）你闻这花生多香，你要告去，我回房里一个人吃去。（要走）

琪　哎，别走，别走，坐在这里剥给我吃。（仍要看书）

梅　书呆子倒真会享福！你还得再给我一点赌本，回头我还想掷"骰子"去呢。……陈家老姨太太来了，人家过年挺热闹的。

琪　这坏丫头，什么坏的你都得学会了才痛快，谁有对门陈家那么老古董呀……

梅　（高兴地笑）谁都像你们小姐们这样向上？（扯过一张小凳子坐下）反正人家觉得做丫头的没有一个好的，大老爷昨天不还在饭桌上说我坏么？我不早点学一些坏，反倒给人家不方便！（剥花生）

琪　梅真，你这张嘴太快，难怪大小姐不喜欢你！（仍看书）

梅　（递花生到文琪嘴里）这两天大小姐自己心里不高

兴，可把我给磨死了！我又不敢响，就怕大太太听见又给大老爷告嘴，叫你妈妈为难。

琪　（把书撇下坐起一点）对了，这两天大姊真不高兴！你说，梅真，唐家元哥那人脾气古怪不古怪？……我看大姊好像对他顶失望的（伸手同梅真要花生）……给我两个我自己剥吧……大姊是虚荣心顶大的人……（吃花生，梅真低头也在剥花生）唐家元哥可好像什么都满不在乎……（又吃花生）……到底，我也没有弄明白当时元哥同大姊，是不是已算是订过婚，这阵子两人就都别扭着！我算元哥在外国就有六年，谁知道他有没有人！（稍停）大姊的事你知道，她那小严就闹够了一阵，现在这小陆，还不是老追着她！我真纳闷！

梅　我记得大小姐同唐先生好像并没有正式的订婚，可是差不多也就算是了，你知道当时那些办法古里古怪的……（吃花生）噢，我记起来了，起先是唐先生的姨嬷——刘姑太太——来同大太太讲，那时唐先生自己早动身走了。刘姑太太说是没有关系，事情由她做主，（嚼着花生顽皮地）后来刘姑太许是知道了她做不了主吧，就没有再提起，可是你的大伯伯那脾气，就咬定了这个事……

琪　现在我看他们真别扭，大姊也不高兴，唐家元哥那不说话的劲儿更叫人摸不着头儿！

梅　你操心人家这许多事干吗？

琪　（好笑地）我才没有操心大姊的事呢，我只觉得有点别扭！

梅　反正婚姻的事多少总是别扭的！

琪　那也不见得。

梅　（凝思无言，仍吃花生）我希望赶明儿你的不别扭。

琪　（起立到炉边看看火把花生皮掷入）你看大姊那位好朋友张爱珠，特别不特别，这几天又尽在这里扭来扭去的，打听二哥的事儿！

梅　（仍捧着衣襟也起立）让她打听好了！她那眯着眼睛，扭劲儿的！

琪　（提着火筷指梅真）你又淘气了！（忽然放下火筷走过来小圆桌边）梅真，我有正经事同你商量。

梅　可了不得，什么正经事？别是你的终身大事吧？（把花生由襟上倒在桌面上）

琪　别捣乱，你听着，（坐椅边摇动两只垂着的脚。梅真坐在对面一张椅子上听）后天，后天我们不是请客么？……咳咳……糟糕？（跳下往书桌方面走去）请帖你到底都替我们发出去了没有？前天我看见还有好些张没有寄，（慌张翻抽屉）糟糕，请帖都哪儿去了？

梅　（闲适地）大小姐不是说不要我管么？

琪　（把抽屉大声地关上）糟了，糟了，你应该知道，大小姐的话靠不住的呀！她说不要你管，她自己可不一定记得管呀！（又翻另一个抽屉）她说……

梅　（偷偷好笑）得了，得了，别着急……我们做丫头的可就想到这一层了，人家大小姐尽管发脾气，我们可不能把人家的事给误了！前天晚上都发出去了。缺的许多住址也给填上了，你说我够不够格儿做书记？

琪　（松一口气又回到沙发上）梅真，你真"可以"的！明日我要是有出息，你做我的秘书！

梅　你怎样有出息法子？我倒听听看。

琪　我想写小说。

梅　（抿着嘴笑）也许我也写呢！

琪　（也笑）也许吧！（忽然正经起来）可是梅真，你要想写，你现在可得多念点书，用点功才行呀！

梅　你说得倒不错！我要多看上了书，做起事来没有心绪，你说大小姐答应不答应我呢？

琪　晚上……

梅　晚上看！好！早上起得来吗？我们又没有什么礼拜六，礼拜天的！……

琪　我同妈妈商量礼拜六同礼拜天给你放假……

梅　得了，礼拜六同礼拜天你们姊儿几个一回家，再请上四五位都能吃能闹的客，或是再忙着打扮出门，我还放什么假？要给我，干脆就给我礼拜一，像中原公司那样……

琪　好吧，我明儿替你说去，现在我问你正经话……

梅　好家伙。正经话说了半天还没有说出来呀？

琪　没有呢！……你看，咱们后天请客，咱们什么也没有预备呢！

梅　"咱们"请客？我可没有这福气！

琪　梅真你看！你什么都好，就是有时这酸劲儿的不好，我告诉你，人就不要酸，多好的人要酸了，也就没有意思了……我也知道你为难……

梅　你知道就行了，管我酸了臭了！

琪　可是你不能太没有勇气，你得往好处希望着，别尽管灰心。你知道酸就是一方面承认失败，一方面又要反抗，倒反抗不反抗……你想那多么没有意思！

梅　好吧，我记住你这将来小说家的至理名言。可是你忘了世界上还有一种酸，本来是一种忌妒心发了酵变成的，那么一股子气味——可是我不说了。……

琪　别说吧。回头……

梅　好。我不说，现在我也告诉你正经话，请客的事，我早想过了！……

琪　我早知道你一定有鬼主意……

梅　你看人家的好意你叫做鬼主意！其实我尽可不管你们的事的！话不又说回来了么，到底一个丫头的职务是什么呀？

琪　管它呢？我正经劝你把这丫头不丫头的事忘了它，（看到梅真抿嘴冷笑）你——你就当在这里做……做个朋友……

梅　朋友？谁的朋友。

琪　帮忙的……

梅　帮忙的？为什么帮忙？

琪　远亲……一个远房里小亲戚……

梅　得了吧，别替我想出好听的名字了，回头把你宝贝小脑袋给挤破了！丫头就是丫头，这个倒霉事就没有法子办，谁的好心也没有法子怎样的，除非……除非哪一天我走了，不在你们家！别说了，我们还是讲你们请客的事吧。

琪　请客的事，你闹得我把请客的事忘光了！

梅　你瞧，你的同情心也到不了那儿不是？刚说几句话，就算闹了你的正经事，好娇的小姐！

琪　你的嘴真是小尖刀似的！

梅　对不起，又忘了你的话。

琪　我的什么话？

梅　你不说，有勇气就不要那样酸劲儿么？

荣升入，荣升是约略四十岁左右的北方听差，虽然样子并无特殊令人注意之处，可是看去却又显然有一点点滑稽。

荣　四小姐电话……黄钟维先生，打什么画会里打来的，我有点听不真，黄先生只说四小姐知道……

琪　（大笑）得了，我知道，我知道。（转身）耳机呢，耳机又跑哪里去了？

梅　又是耳机跑了！什么东西自己忘了放在哪儿的，都算是跑了！电话本子，耳机都长那么些腿？（亦起身到处找）

荣升由桌子边书架上找着耳机递给四小姐，自己出。

琪　（接电话）喂，喂，（生气地）荣升！你把电话挂上罢！我这儿听不见！喂，仲维呀？什么事？

梅　四小姐我出去吧，让你好打电话……

琪　（接着电话筒口）梅真，梅真你别走，请客的事，（急招手）别走呀！喂，喂，什么？噢，噢，你就来得啦？……我这儿忙极了，你不知道！吓？我听不见，你就来吧！吓？好，好……

梅笑着回到桌上拿一张纸、一枝铅笔坐在椅上，一面想一面写。

琪　（继续打电话）好，一会儿见。（拔掉电话把耳机带到沙发上一扔）

梅　（看四小姐）等等又该说耳机跑了！（又低头写）

琪　刚才我们讲到哪儿了？

梅　讲到……我想想呀，噢，什么酸呀臭呀的，后来就来了甜的……电话？

琪　（发出轻松的天真的笑声）别闹了，我们快讲请客的事吧。

梅　哎呀，你的话怎么永远讲不到题目上来呀？（把手中单子递给文琪看）我给你写好了一个单子你看好不好？家里蜡台我算了算一共有十四个，桌布我也想过了……

琪　桌布，（看手中单子）亏你也想到了，我早借好啦！

梅　好吧，好吧，算你快一步！我问你吃的够不够？

琪　（高兴地）够了，太够了。（看单子）嘿，这黑宋磁胆瓶拿来插梅花太妙了，梅真你怎么那么会想？

梅　我比你大两岁，多吃两碗饭呢！（笑）我看客厅东西要搬开，好留多点地方你们跳舞，你可得请太太同大老爷说一声，回头别要大家"不合适"。（起立左右端详）这间屋子我们给打扮得怪怪的，顶摩登的，未来派的，（笑）像电影里的那样留给客人们休息、抽烟、谈心或者"作爱"——好不好？

琪　这个坏丫头！

梅　我想你可以找你那位会画画的好朋友来帮忙，随便画点摩登东西挂起来，他准高兴！

琪　找他？仲维呀？鬼丫头，你主意真不少！我可不知道仲维肯不肯。

梅　他干吗不肯？（笑着到桌边重剥花生吃）

琪　（跟着她过去吃花生，忽然俯身由底下仰看着梅真问）唐家元哥——唐元澜同黄——黄仲维两人，你说谁好？

梅　（大笑以挑逗口气）四小姐，你自己说吧，问我干吗？！

琪　（不好意思）这鬼！我非打你不可！（伸手打梅背）

梅真乱叫，几乎推翻桌子，桌子倾斜一下，花生落了满地，两人满房追打。

荣升开门无声的先皱了皱眉，要笑又不敢。

荣　唔，四小姐，唐先生来了。

四小姐同梅真都不理会，仍然追着闹。

荣　（窘，咳嗽）大小姐，三小姐管莫都没有回来吧？

四小姐同梅真仍未理会。

荣　（把唐元澜让了进来，自己踌躇的）唐先生，您坐坐吧，大小姐还没有回来。（回头出）

唐元澜已是三十许人，瘦高，老成持重，却偏偏富于幽默。每件事，他都觉得微微好笑，却偏要皱皱眉。锐敏的口角稍稍掀动，就停止下来；永远像是有话要说，又不想说，仅要笑笑拉倒。他是个思虑深的人，可又有一种好脾气,所以样子看去倒像比他的年岁老一点。身上的衣服带点"名士派",可不是破烂或肮脏。口袋里装着书报一类东西,一伸手进去,似乎便会带出一些纸片。

唐元澜微笑看四小姐同梅真,似要说话又不说了,自己在袋里掏出烟盒来,将抽,又不抽了。

琪　（红着脸摇一摇头发望到唐）元哥,他们都不在家,就剩我同梅真两个。

唐　（注视梅真又向文琪）文琪,玩什么这么热闹?

琪　（同梅真一同不好意思地憨笑。琪指梅真）问她!

唐　我问你二哥什么时候能到家?

梅真因鞋落,俯身扣上鞋,然后起立难为情地往着门走,听到话,回头忙着。

琪　二哥后天才到,因为在天津停一天。（向梅）这坏丫头!怔什么?

梅　你说二少爷后天才回来?……我想……我先给唐先生倒茶去吧。

唐　别客气了,我不大喝茶。（皱眉看到地上花生）噢,这是哪里来的?（俯身拾地上花生剥着放入嘴里）

梅　（憨笑地）你看唐先生饿了,我给你们开点心去!（又回头）四小姐,你们吃什么?

琪　随便,你给吧!噢,把你做的蛋糕拿来,（看梅将出又唤回她）等等,梅真,（伸手到抽屉里掏几张毛钱票给梅）哪,拿走吧,回头我忘了,你又该赌不成了。

梅　（高兴地淘气地笑）好小姐,记性不坏,大年下我要赌不成,说不定要去上吊,那多冤呀!

唐　（目送梅出去）你们真热闹!

琪　梅真真淘气,什么都能来!

唐　聪明人还有不淘气的?文琪,我不知道你家里为什么现在不送她上学了?

琪　我也不大知道，反正早就不送她上学了。奶奶在的时候就爱说妈惯她，现在是大伯伯同伯孃连大姊也不喜欢她，说她上了学，上不上，下不下的，也不知算什么！那时候我们不是一起上过小学么？在一个学堂里大姊老觉得不合适。

唐　学堂里同学都知道她是……

琪　自然知道的，弄得大家都别扭极了。后来妈就送她到另外一个中学，大半到了初中二就没有再去了……

唐　为什么呢？

琪　她觉得太受气了，有一次她很受点委屈——一个刺激吧，（稍停）别说了，（回头看看）一会儿谁进来了听见不好。（稍停）……元哥，你说大姊跟从前改了样子没有？

唐　改多了……其实谁都改多了，这六年什么都两样得了不得……大家都——都很摩登起来。

琪　尤其是大姊，你别看三姊糊里糊涂的，其实更摩登，有点普罗派，可很矛盾的，她自己也那么说，（笑）还有妈妈，元哥你看妈妈是不是个真正摩登人？（急说地）严格的说，大姊并不摩登，我的意思说，她的思想……

唐　（苦笑打断文琪的话）我抽根烟，行不行？（取出烟）

琪　当然——你抽好了！

唐元澜划了洋火点上，衔着烟走向窗前背着。

琪　（到沙发上习惯地坐下，把腿弯上去，无聊地）我——我也抽根烟行不行？

唐　（回过身来微笑）当然——你抽好了！

琪　我可没有烟呀！

唐　对不起。（好笑地从袋里拿出烟盒，开了走过递给文琪，让她自己拿烟）

琪　（取根烟让唐给点上）元哥，写文章的人是不是都应该会抽烟？

唐　（逗老四口气）当然的！要真成个文豪，还得学会了抽雪茄烟呢！

琪　（学着吹烟圈）元哥，你是不是同大姊有点别扭？你同她不好，是不是？

唐　（笑而不答，拾起沙发上小说看看，诧异地）你在看这个？（得意）喜欢么？真好，是不是？

琪　好极了！（伸手把书要回来）元哥，原来你也有热心的时候，起初我以为你什么都不热心，世界上什么东西都不爱！

唐　干吗我不热心？世界上（话讲得很慢）美的东西……美的书……美的人……我一样地懂得爱呀！怎么你说得我好像一个死人！

琪　不是，我看你那么少说话，怪别扭的，（又急促地）我同梅真常说你奇怪！

唐　（声音较前不同，却压得很低）你同梅真？梅真也说我奇怪么？

琪　不，不，我们就是说——摸不着你的脾气……（窘极翻小说示唐）你看这本书还是你寄给大姊的，大姊不喜欢，我就捡来看……

唐　大姊不喜欢小说，是不是？我本就不预备她会看的，我想也许有别人爱看！

琪　（老实地）谁？（又猜想着）

唐　（默然，只是抽着烟走到矮榻前，预备舒服地坐下，忽然触到毛织物，跳起，转身将许多针线移开）好家伙，这儿创作品可真不少呀！

琪　（吓一跳，笑着，起来走过去）对不起，对不起这都是姊姊们的创作，扔在这儿的！我来替你收拾开点，（由唐手里取下织成一半的毛衣，提得高高的）你看这是三姊的，织了滑冰穿的，人尽管普罗，毛衣还是得穿呀！（比在自己身上）你看，这颜色不能算太"布尔乔雅"吧？（顽皮得高兴）

  唐元澜又捡起一件大红绒的东西。

  琪　（抢过在手里）这是大姊的宝贝，风头的东西，你看，（披红衣在肩上，在房里旋转）我找镜子看看……

  大小姐文娟同张爱珠，热闹地一同走入。文娟是个美丽的小姐，身材长条，走起路来非常好看，眉目秀整，但不知什么缘故，总像在不耐烦谁，所以习惯于锁起眉尖，叫人家有点儿怕她，又不知道什么时候得罪了她似的，怪难过的。

  张爱珠，眯着的眼里有许多讲究，她会笑极了，可是总笑得那么不必需，这会子就显然在热闹地笑，声音叽叽喳喳地在说一些高兴的话。

  娟　（沉默地，冷冷地望着文琪）这是干吗呀？

  琪　（毫不在意地笑笑地说）谁叫你们把活全放开着就走了？人家元哥没有地方坐，我才来替你们收拾收拾。

  珠　Mr.唐等急了吧，别怪文娟，都是我不好……（到窗前拢头发抹口唇）

  唐　（局促不安）我也刚来。（到炉边烤火）

  娟　（又是冷冷地一望）刚来？（看地上花生微怒）谁这样把花生弄得满地？！（向老四）屋子乱，你干吗不叫梅真来收拾呢？你把她给惯得越不成样子了！

  琪　（好脾气地赔笑着）别发气，别发气，我来当丫头好了。（要把各处零碎收拾起来）

  娟　谁又发气？更不用你来当丫头呀！（按电铃）爱珠，对不起呵，屋子这么乱！

  珠　你真爱清爽，人要好看，她什么都爱好看。（笑眯眯地向唐）是不是？

  梅真入。

梅　大小姐回来啦？

娟　回来了，就不回来，你也可以收拾收拾这屋子的！你看看这屋子像个什么样子？

梅　（偷偷同老四做脸，老四做将笑状手掩住口）我刚来过了，看见唐先生来了，就急着去弄点心去。

娟　我说收拾屋子就是收拾屋子，别拉到点心上。

梅　（噘着嘴）是啦，是啦。（往前伸着手）您的外套脱不脱？要脱就给我吧，我好给挂起来，回头在椅子上堆着也是个不清爽不是？

娟　（生气地脱下外套交梅）拿去吧，快开点心！

梅　（偏不理会地走到爱珠前面）张小姐，您的也脱吧，我好一起挂起来。

爱珠脱下外套交梅

梅　（半顽皮地向老四）四小姐，您受累了，回头我来捡吧。（又同老四挤了挤眼，便捧着一堆外套出去）

唐　（由炉边过来摩擦着手大声地笑）这丫头好厉害！

娟　（生气地）这怎么讲！

唐　没有怎样讲，我就是说她好厉害。

娟　这又有什么好笑？本来都是四妹给惯出来的好样子，来了客，梅真还是这样没规没矩的。

唐　别怪四妹，更别怪梅真，这本来有点难为情，这时代还叫人做丫头，做主人的也不好意思，既然从小就让人家上学受相当教育，你就不能对待她像对待底下人老妈子一样！

娟　（羞愤）谁对待她同老妈子一样了？既是丫头，就是进了学，念了一点书，在家里也还该做点事呀，并且妈妈早就给她月费的。

唐　问题不在做事上边，做事她一定做的，问题是在你怎样叫她做事……口气，态度，怎样的叫她不……不觉得……

珠　（好笑地向文娟）Mr.唐有的是书生的牢骚……她就不知道人家多为难，你们这梅真有时真气人透了……Mr.唐，你刚从外国回来有好些个思想，都太理想了，在中国就合不上。

娟　（半天不响才冷冷地）人家热心社会上被压迫的人，不好么？……可是我可真不知道谁能压迫梅真？我们不被她欺侮、压迫就算很便宜罗，那家伙……尽借着她那地位来打动许多人的同情，遇着文霞我们的那位热心普罗的三小姐更不得了……

珠　其实丫头还是丫头脾气，现在她已经到了岁数——他们从前都说丫头到了要出嫁的岁数，顶难使唤的了，原来真有点那么一回事！我妈说……（吃吃笑）

琪　（从旁忽然插嘴）别缺德呀！

娟　你看多奇怪，四妹这护丫头的劲儿！

门开处黄仲维笑着捧一大托盘茶点入，梅真随在后面无奈何他。黄年轻，活泼，顽皮，身着洋服内衬花毛线衣，健康得像运动家，可是头发蓬松一点，有一双特别灵敏的眼睛，脸上活动的表情表示他并不是完全的好脾气，心绪恶劣时可以发很大的脾气，发完又可以自己懊悔。就因为这一点许多女孩子本来可以同他恋爱的倒有点怕他，这一点也就保护着他不成为模范情人。此刻他高兴地胡闹地走入他已颇熟识的小书房。

黄　给你们送点心来了！（四顾）大小姐，四小姐，张小姐，唐先生，你们大家好？（手中捧盘问梅真）这个放哪儿呀？

梅　你看，不会做事偏要抢着做？（指小圆桌）哪，放这儿吧！

娟　（皱眉对梅）梅真规矩点，好不好？

梅　（撅起嘴，不平地）人家黄先生愿意拿，闹着玩又有什么要紧？

珠　（做讨厌梅真样子，转向黄）仲维，你来的真巧，我们正在讨论改良社会，解放婢女问题呢。

黄　讨论什么？（放下茶盘）什么问题？

珠　解放婢女问题。

梅　（如被刺问张）张小姐，您等一等，这么好的题目，等我走了再讨论吧，我在这儿，回头妨碍您的思想！（急速转身出）

唐元澜咳嗽要说话又不说。

黄　（呈不安状，交换皱眉）梅真生气了。

琪　你能怪她么？

娟　生气让她生气好了。

珠　我的话又有什么要紧，"解放婢女问题"，做婢女的听见了又怎样？我们不还说"解放妇女"么？我们做妇女的听见难道也就该生气么？

琪　（不理张）我们吃点心吃点心！仲维，都是你不好，无端端惹出是非来！

黄　真对不起！（看大小姐，生气地）谁想到你们这儿规矩这么大？！我看，我看，（气急地）梅真也真……倒……

琪　（搁住黄的话）别说啦，做丫头当然倒霉啦！

黄　那，你们不会不要让她当丫头么？

琪　别说孩子话啦——吃点心吧！

娟　（冷笑地）你来做主吧！

黄　（不理大小姐，向文琪）怎么是孩子话？

唐　（调了嗓子，低声地）文琪的意思是：这不在口里说让不让她当丫头的问题。问题在：只要梅真在她们家，就是不拿她当丫头看待，她也还是一个丫头，因为名义上、实际上，什么别的都不是！又不是小姐，又不是客人，又不是亲戚……

琪　（惊异地望着元澜，想起自己同梅真谈过的话）元哥，你既然知道得这么清楚，你看梅真这样有什么办法？

唐　有什么办法？（稍停）也许只有一个办法，让她走，离开你们家，忘掉你们，上学去，让她到别处去做事——顶多你们从旁帮她一点忙——什么都行，就是得走。

娟　又一个会做主的——这会连办法都有了，我看索性把梅真托给你照应得了，元澜，你还可以叫她替你的报纸办个社会服务部。

琪　吃点心吧，别抬杠了！（倒茶）仲维，把这杯给爱珠，这杯给大姊。

大家吃点心。

唐　（从容地仍向娟）人家不能替你做主，反正早晚你们还是得那样办，你还是得让她走，她不能老在你们这里的。

娟　当然不能！

琪　元哥，你知道梅真自己也这样想，我也……

娟　老四，梅真同你说过她要走么？

琪　不是说要走，就是谈起来，她觉得她应该走。

娟　我早知道她没有良心，我们待她真够好的了，从小她穿的住的都跟我们一样，小的时候太小，又没有做事，后来就上学，现在虽然做点事，也还拿薪水呀！元澜根本就不知道这些情形。……元澜，你去问你刘姨嬷，你还问她，从前奶奶在的时候，梅真多叫老太太生气，刘姨嬷知道。

唐　这些都是不相干的，一个人总有做人的，的——的Pride呀。谁愿意做，做……哪，刚才爱珠说的："婢女"呀！管你给多少薪水！

珠　（捡起未完毛线衣织，没有说话，此刻起立）文娟，别吵了，我问你，昨天那件衣料在哪儿？去拿给我看看，好不好？

娟　好，等我喝完这口茶，你到我屋子比比，我真想把它换掉。

珠　（又眯着眼笑）别换了，要来不及做了，下礼拜小陆请你跳舞不是？别换了吧。

娟　你不知道，就差那一点就顶不时髦，顶不对劲了。小陆眼睛尖极了。

黄　（吃完坐在沙发看杂志，忽然插嘴）什么时髦不时髦的，怎样算是对劲，怎样算是不对劲？

唐元澜望望文娟无语，听到黄说话，兴趣起来，把杯子放下听，拿起一块蛋糕走到角落里倚着书架。

珠　你是美术家，你不知道么？

琪　（轻声亲热地逗黄）碰了一鼻子灰了吧？

唐元澜无聊地忽走过，俯身由地上捡拾一个花生吃。

黄　（看见）这倒不错，满地上有吃的呀！（亦起俯身捡一粒）怎么，我捡的只是空壳。（又俯身捡寻）

琪　你知道这花生哪里来的？

黄　不知道。

琪　（凑近黄耳朵）梅真赌来的！

娟　（收拾椅上活计东西要走，听见回头问）哪儿来的？

唐、黄同文琪都笑着不敢答应。

黄　（忽然顽皮地）有人赌来的！

娟　什么？

琪　（急）没有什么，别听他的，（向黄）再闹我生气了。

娟　（无聊地起来）爱珠，上我屋来，我给你那料子看吧。（向大家）对不起呀，我们去一会就来，反正看电影时间还早呢，老三也没有回来。

珠　（提着毛织物，叽叽咕咕地）你看这件花样顶难织

了，我……（随娟出）

文娟同爱珠同下。

唐　哎呀，我都忘了约好今天看电影，还好我来了！我是以为二弟今天回来，我来找他有事！（无聊地坐下看报）

黄　（直爽地）我没有被请呀，糟糕，我走吧！（眼望着文琪）

琪　别走，别走，我们还有事托你呢，我们要找你画点新派的画来点缀这个屋子。

黄　（莫名其妙地）什么？

琪　我们后天晚上请客，要把这屋子腾出来作休息室，梅真出个好主意，她说把它变成未来派的味儿，给人抽烟、说话用。我们要你帮忙。

唐在旁听得很有兴趣，放报纸在膝上。

黄　（抓头）后天晚上，好家伙！

门忽然开了李琼走了进来。

琼　（妈妈的颜色不同平常那样温和，声音也急促点）老四你在这儿，我问你，你们干吗又同梅真过不去呀？大年下的！

琪　我没有……

唐　表姑。

黄　（同时地）伯母。

琼　来了一会吧，对不起，我要问老四两句话。

琪　妈，妈别问我，妈知道大姊的脾气的，今天可是张爱珠诚心同梅真过不去！梅真实在有点儿太难。

琼　（坐下叹口气）我真不知怎么办好！梅真真是聪明，岁数也大了，现在我们这儿又不能按老规矩办事，现在叫她上哪儿去好，送她到哪儿去我也不放心，老实说也有点舍不得。你们姊儿们偏常闹到人家哭哭啼啼的，叫我没有主意！

琪　不要紧，妈别着急，我去劝劝她去好不好？

黄　对了，你去劝劝她，刚才都是我不好。

琼　她赌气到对门陈家去了，我看那个陈太太对她很有点不怀好意。

琪　（张大了眼）怎么样不怀好意，妈？

琼　左不是她那抽大烟的兄弟！那陈先生也是鬼头鬼脑的。……得了，你们小孩子哪里懂这些事？梅真那么聪明人，也还不懂得那些人的用心。

唐　那老陈不是吞过公款被人控告过的么？

琼　可不是？可是后来，找个律师花点钱，事情马马虎虎也就压下来了；近来又莫名其妙地很活动，谁知道又在那里活动些什么。一个顶年轻的少奶奶，人倒顶好，所以梅真也就常去找她玩，不过，我总觉得不妥当，所以她一到那边我就叫人叫她回来，我也没告诉过梅真那些复杂情形（稍停，向文琪）……老四你现在就过去一趟，好说坏说把梅真劝回来罢！

琪　（望黄）好吧，我，我就去。

黄　我送你过去。

文琪取壁上外衣，黄替她穿上。

琪　妈，我走啦。元哥一会见。

黄　（向唐招呼地摆摆手）好，再见。

两人下。

唐　（取烟盒递给李琼）表姑抽烟不？

琼　（摇摇头）不是我偏心，老四这孩子顶厚道。

唐　我知道，表姑，文琪是个好孩子。（自己取烟点上俯倚对面椅背上）

琼　元澜，我是很疼娟娟的，可是老实说，她自小就有脾气。你知道，她既不是我生的，有时使我很为难……小的时候，说她有时她不听，打她太难为情，尤其是她的祖母很多心，所以我也就有点惯了她。现在你回来了……

唐元澜忽起立，将烟在火炉边打下烟灰，要说话又停下。

琼　（犹疑地）你们的事快了吧？

唐　（抬头很为难地说）我觉得我们这事……

琼　我希望你劝劝娟娟，想个什么法子弄得她对生活感觉满足……我知道她近来有点脾气，不过她很佩服你，你的话她很肯听的，你得知道她自己总觉得没有孋有点委屈。

唐　我真不知道怎样对表姑说才好，我也不知道应该不应该这样说。我——我觉得这事真有点叫人难为情。当初那种办法我本人就没有赞成，都是刘姨孋一个人弄的。后来我在外国写许多信，告诉他们同表姑说，从前办法太滑稽，不能正式算什么，更不能因此束缚住娟娟的婚姻。我根本不知道，原来刘姨孋就一字没有提过，反倒使亲亲戚戚都以为我们已经正式订了婚。

琼　我全明白你的意思，当时我也疑心是你刘姨孋弄的事。你也得知道我所处地位难，你是我的表侄，娟娟却又不是我亲生的，娟娟的伯父又守旧，在他眼里连你在外国的期间的长短好像我都应该干涉，更不要说其他！当时我就是知道你们没有正式订婚，我也不能说。

唐　所以现在真是为难！我老实说我根本对娟娟没有求婚的意思。如果当时，我常来这里，那是因为……（改过语气）表姑也知道那本不应该就认为有什么特殊的意义。我们是表兄妹，当时我就请娟娟一块出去玩几趟又能算什么？

琼　都是你那刘姨孋慌慌张张地跑去同娟娟的伯孋讲了一堆，我当时也就觉得那样不妥当——这种事当然不能勉强的。不过我也要告诉你，我觉得娟娟很见得你好，这次你回来，我知道她很开心，你们再在一起玩玩熟了，也许就更知道对方的好处。

唐　（急）表姑不知道，这事当初就是我太不注意了，让刘姨孋弄出那么一个误会的局面，现在我不能不早点表白我的态度，不然我更对娟娟不起了。

琼　（一惊）你对娟娟已说过了什么话么？

唐　还没有！我觉着困难，所以始终还没有打开窗子说亮话。为了这个事，我真很着急，我希望二弟快回来，也就是为着这个缘故。我老实说，我是来找梅真的，我喜欢梅真……

琼　梅真？你说你……

琪　（推门入）妈妈，我把梅真找了回来，现在仲维要请我同梅真看电影去，我们也不回来吃饭了！（向唐）元哥，我不同你们一块看电影了！你们提另去吧，劳驾你告诉大姊一声。

琪匆匆下。唐失望地怔着。

琼　（看文琪微笑）这年龄时期最快活不过，我喜欢孩子们天真烂漫，混沌一点……

娟　（进房向里来）妈妈在这儿说话呀？老四呢？仲维呢？

琼　（温和的）他们疯疯癫癫跑出去玩去了。

娟　爱珠也走了，现在老三回来了没有？

琼　老三今早说今天有会，到晚上才能回来的。

娟　（向唐半嘲的口吻）那么只剩下我们俩了，你还看不看电影？

琼　（焦虑地望着唐希望他肯去）今天电影还不错呢，你们去吧。

唐　表姑也去看么？我，我倒……

琼　我有点头痛不去了，（着重地）你们去吧，别管我，我还有许多事呢，（急起到门边）元澜，回头还回来这里吃晚饭吧。

琼下。

文娟直立房中间睨唐，唐、娟无可奈何地对望着。

娟　怎样？

唐　怎样？

［幕下］

第二幕

出台人物（按出台先后）：

　　电灯工匠　老孙

　　宋雄电料行掌柜（二十七八壮年人）

　　梅真

　　李大太太李琼夫嫂

　　李文琪黄仲维

　　荣升

　　唐元澜

　　三小姐李文霞

　　李文娟

地　点：三小姐四小姐共用的书房

时　间：过了两天以后

　　同一个书房过了两天的早上。家具一切全移动了一些位置，秩序显然纷乱，所谓未来派的吃烟室尚在创造中，天下混沌，玄黄未定。地上有各种东西，墙边放着小木梯架。小圆桌子推在台的一边，微微偏左，上面放着几副铜烛台，一些未插的红蜡。一个很大的纸屏风上面画了一些颜色鲜浓，而题材不甚明了的新派画；沙发上堆着各种靠背，前面提另放着一张画，也是怪诞叫人注目的作品。

　　幕开时，电灯工匠由梯子上下来，手里拿着电线，身上佩着装机械器具的口袋。宋雄背着手立着看电灯。

　　宋雄是由机器匠而升做年轻掌柜的人物，读过点书，吃过许多苦，因为机会同自己会利用这机会的麻利处，卒成功地支持着一个小小专卖电料零件的铺子。他的体格大方，眉目整齐，虽然在装扮上显然俗些。头发梳得油光，身上短装用的是黑色绸料，上身夹袄胸上挖出小口袋，金表链由口袋上口牵到胸前扣襻上。椅上放着黑呢旧外衣，一条花围巾，一副皮手套。

　　宋　饭厅里还要安一些灯，加两个插销。电线不够了吧？

　　工匠　（看电线）剩不多了！要嚜，我再回柜上拿一趟去！

　　宋　不用，不用，我给柜上打个电话，叫小徒弟送来。你先去饭厅安那些灯口子。

　　工匠　劳驾您告诉老张再给送把小改锥来，（把手里改锥一晃）这把真不得使。（要走又回头）我说掌柜的，今日我们还有两处的"活"答应人家要去的，这儿这事挺麻烦的，早上要完不了怎么办？（缠上剩下的电线）

　　宋　（挥手）你赶着做，中饭以前非完不可。我答应好这儿的二太太，不耽误他们开饭。别处有活没有活，我也不能管了！

　　工匠　掌柜的，您真是死心眼，这点活今日就自己来这一早上！

　　宋　老孙，我别处可以不死心眼，这李家的事，我可不能不死心眼！好！我打十四岁就跟这儿李家二爷在电灯厂里做事，没有二爷，好！说不定我还在那倒霉地方磨着！二爷是个工程师，他把我找去到他那小试验所里去学习，好，那二爷脾气模样就有像这儿的三小姐，他可真是好人，今日太太还跟我提起，我们就说笑，我说，要是三小姐穿上二爷衣服，不仔细看，谁也以为是二爷。

　　工匠　那位高个子的小姐么？好，那小姐可有脾气呀，今日就这一早上，我可就碰着一大堆钉子了。

　　宋　（笑）你说的管莫是大小姐！好，她可有脾气！（低声）她不是这位二太太生的。（急回头看）得了，去你的吧，快做活，我可答应下中饭以前完事，你给我尽着做，我给你去打电话。

　　工匠下。

　　宋拿起外衣围巾要走，忽见耳机。又放下衣服走到书桌边，拿起耳机，插入插销试电话。

宋　（频回头看看有没有人）喂，东局五〇二七，喂，你老张呀？我是掌柜的，我在李宅，喂，我说呀，老孙叫你再叫小徒弟骑车送点电线来，再带一把好的改锥来，说是呢！他说他那一把不得使……谁知道？……老孙就那脾气！我说呀，你给送一把来得了，什么？哪家又来催？你就说今日柜上没有人，抓不着工夫，那有什么法子！好吧，再见啦。（望着门）

梅真捧铜蜡台入，放小圆桌上，望宋，宋急拔耳机走近梅。

宋　（笑声）梅姊您这两日忙得可以的？（注视梅不动）

梅　倒挺热闹的，（由地下拿起擦铜油破布擦烛台，频以口呵气）怎么了，小宋你们还不赶着点，尽摆着下去，就要开饭了，饭厅里怎么办？说不定我可要挨说了！（看宋）

宋　（急）我可不能叫你挨说，我已经催着老孙赶着做，那老孙又偏嫌他那改锥不得使，我又打了电话到柜上要去，还要了电线，叫人骑车送来，这不都是赶着做么？

梅　只要中饭以前饭厅里能完事，我就不管了。你还不快去，瞧着点你那老孙？别因为他的改锥不得使，回头叫人家都听话。你可答应太太中饭以前准完事的！

宋　梅姊，你……你可……你可记得我上次提过的那话？

梅　（惊讶地）什么话？噢，那个，得了，小宋，人家这儿忙得这样子，你还说这些！

宋　你……你答应我到年底再说不是？……

梅　一年还没有过完呢！我告诉你吧，小宋，我这个人没有什么用处，又尽是些脾气，干脆最好你别再来找我，别让我耽搁你的事情……

宋　我，我就等着你回话……你一答应了，我就跟李太太说去。

梅　我就没有回话给你。

宋　梅……梅姊，你别这样子，我这两年辛辛苦苦弄出这么一个小电料行不容易，你得知道，我心里就盼着那一天你肯跟我一块过日子，我能不委屈你。

梅　得了，你别说了。

宋　我当时也知道你在这里同小姐似的讲究，读的书还比我多，说不定你瞧不上我，可是现在，我也是个掌柜的，管他大或小，铺子是我自己办的，七八个伙计，（露出骄傲颜色）再怎样，也用不着你动手再做粗的，我也能让你享点福，贴贴实实过好日子，除非你愿意帮着柜上管管账簿，开开清单。

梅　（怜悯地）不是我不知道你能干。三年的工夫你弄出那么一个铺子来，实在不容易！……

宋　（得意地，忸怩地）现在你知道了你可要来，我准不能叫你怎样……我不能丢你的脸。

梅　（急）小宋，你可别这样说，出嫁不是要体面的事，你说得这贫劲儿的！我告诉你什么事都要心愿意才行，你就别再同我提这些事才好，我这个人于你不合适，回头耽搁了你的事。

宋　我……我……我真心要你答应我。

梅　（苦笑）我知道你真心，可是单是你真心不行，我告诉你，我答应不出来！

宋　你，你管莫嫌我穷！我知道我的电料行还够不上你正眼瞧的……

梅　（生气）我告诉你别说得这么贫！谁这么势利？我好意同你说，这种事得打心里愿意才行。我心里没有意思，我怎样答应你？

宋　你……你，你不是不愿意吧？（把头弄得低低的，担心地迸出这句疑问，又怕梅真回答他）

梅　（怜悯地）……不……不是不愿意，是没有这意思，根本没有这意思！我这个人就这脾气，我，我这个人不好，所以你就别找我最好，至少今天快别提这个了，我们这儿都忙，回头耽误了小姐们的事不好。

宋　（低头弄上围巾，至此叹口气围在项上，披着青呢旧大衣由旁门出）好吧，我今日不再麻烦你了，可是年过完了你可还得给我一个回话。

宋下。

梅　（看宋走出，自语）这家伙！这死心眼真要命，用在我身上可真是冤透了，（呵铜器仍继续擦）看他讨厌又有点可怜！（叹息）那心用在我身上，真冤！我是命里注定该吃苦，上吊，跳河的！怎么做电料行的掌柜娘，（发憨笑）电料行的掌柜娘！

（忽伏在桌上哭）

门开处大太太咳嗽着走入。她是个矮个子，五十来岁瘦小妇人，眼睛小小的到处张望，样子既不庄严，说话也总像背地里偷说的口气。

梅　（惊讶地抬头去后望，急急立起来）大太太是您，来看热闹？这屋子还没有收拾完呢。

大太　（望屏风）这是什么东西——这怪里怪气的？

梅　就是屏风。

大太　什么屏风这怪样子？

梅　（笑笑）我也不知道。

大太　我看二太太真惯孩子，一个二个大了都这么疯！二老爷又不在世了，谁能说他们！今天晚上请多少客，到底？

梅　我也不知道，反正都是几位小姐的同学。

大太　（好奇地）在大客厅里跳舞吗？

梅　（又好笑又不耐烦）对了！

大太　吃饭在哪儿呢？

梅　（好笑）就在大饭厅里啰！

大太　坐得下那些人吗？

梅　分三次吃，有不坐下的站着吃……

大太　什么叫做新，我真不懂这些事，（提起这个那个地看）女孩子家疯天倒地的交许多朋友，一会儿学生开会啦，请愿啦，出去让巡警打个半死半活的啦！一会儿又请朋友啦，跳舞啦，一对对男男女女这么拉着搂着跳，多么不好看呀？怪不得大老爷生气常说二太太不好好管孩子！梅真，我告诉你，我们记住自己是个丫头，别跟着她们学！赶明日好找婆婆家。

梅　（又好笑又生气地逗大太太）您放心，我不会嫁的，我就在这儿家里当一辈子老丫头！

大太　（凑近了来，鬼鬼祟祟地）你不要着急，你多过来我院里，我给你想法子。（手比着）那天陈太太，人家还来同我打听你呢。别家我不知道，陈家有钱可瞒不了我！……陈太太娘家姓丁的阔气更不用说啦！

梅　（发气脸有点青）您告诉我陈家丁家有钱做什么？

大太　你自己想吧。傻孩子，人家陈太太说不定看上了你！

梅　（气极竭力忍耐）陈太太，她——她看上了我干吗？！

大太　（更凑近，做神秘的样子）我告诉你……

梅　（退却不愿听）大太太，您别——别告诉我什么……

大太　（更凑近）你听着，陈太太告诉过我她那兄弟丁家三爷，常提到你好，三奶奶又没有男孩子，三爷很急着……

梅　（回头向门跑）大太太，您别说这些话，我不能听……

仲维同文琪笑着进来，同梅真撞个满怀。

琪　（奇怪地）梅真怎么了，什么事，这样忙？

梅　我——我到饭厅去拿点东西……

梅急下。

琪　（仍然莫名其妙地）伯孃，您来有事么？

大太　（为难）没有什么事……就找梅真……就来这里看看。

琪　（指仲维）这是黄先生，（指大太太）仲维，这是我的伯孃。

黄　（致意）我们那一天吃饭时候见过。

大太　我倒不大认得，现在小姐们的朋友真多，来来往往的……

琪　（做鬼脸向黄，又对大太太）怪不得您认不得！（故作正经地）我的朋友，尤其是男朋友，就够二三十位！来来往往地——今天这一个来，明天那一个来！……

黄　（亦做鬼脸，背着大太太用手指频指着琪）可是你伯孃准认得我，因为每次你那些朋友排着队来，都是我领头，我好比是个总队长！

大太　（莫名其妙地）怎么排队来法子？我不记得谁排队来过！

黄　（同时忍住笑）您没有看见过？

琪　下回我叫他们由您窗口走过……好让大伯伯也看看热闹。

大太　（急摇手）不要吧。老四，你不知道你的大伯伯的脾气？

黄、琪　忍不住对笑。

大太　你们笑什么？

琪　没有什么。

大太　（叹口气）我走了，你们这里东西都是奇奇怪怪的，我看不出有什么好看！今早上也不知道是谁把客厅那对湘绣风景镜框子给取下了，你嬷说是交给我收起来……我，我就收起来，赶明儿给大姊陪嫁，那本来是你奶奶的东西！

黄　（又忍住笑）那对风景两面一样，一边挂一个，真是好东西！

琪　对了，您收着给大姊摆新房吧，那西湖风景，又是月亮又是水的，太好看了，我们回头把它给糟蹋了太可惜！

荣升入。

荣　大太太在这屋子么？

大太　在这屋子。什么事？

荣　对门陈太太过来了，在您屋子里坐，请您过去呢。

大太　（慌张）噢，我就来，就来……

大太太下，黄同琪放声地笑出来。

荣　（半自语）我说是大太太许在这屋子里，问梅真，她总不答应，偏说不知道，害得我这找劲儿的！……

荣升下。

琪　对门陈太太，她跑来做什么？那家伙，准有什么鬼主意！

黄　许是好奇也来看你们的热闹。谁让你们请跳舞，这事太新鲜，你不能怪人家不好奇，想来看看我们都是怎样的怪法子！

琪　（疑惑地）也许吧……还许是为梅真，你听伯嬷说来她没有？嘿！……得了，不说了，我们先挂画吧。回头我一定得告诉妈去！

黄　对了，来挂吧。（取起地上画，又搬梯子把梯架两腿支开放好）文琪，我上去，你替我扶着一点，这梯子好像不大结实。（慢慢上梯子）

琪　（扶住梯子，仰脸望）你带了钉子没有？

黄　带了，（把画比在墙上）你看挂在这里行不行？

琪　你等等呀，我到那一边看看。（走过一边）行了，不不……再低一点……好了，就这样。（又跑到梯下扶着）

黄　（用锤子刚敲钉子）我钉啦！

琪　你等等！（又跑到一边望）不，不，再高一点！

黄　一会儿低，一会儿高，你可拿定了你的主意呀！

琪　你这个人什么都可以，就是这性急真叫人怕你！

黄　（钉画，笑）你怕我吗？

琪　（急）我可不怕你！

黄　（钉完画由梯上转回头）为什么呢？

琪　因为我想我知道你。

黄　（高兴地转身坐梯上）真的？

琪　（仰着脸笑）好，你还以为你自己是那么难懂的人呀？

仲维默望底下愣愣地注视琪，不说话，只吹口哨。

琪　（用手轻摇梯身）你这是干吗呀？

黄　别摇，别摇，等我告诉你。

琪　快说，不然就快下来！

黄　自从有了所谓新派画，或是立体派画，他们最重要的贡献是什么？

琪　我可不知道！（咕噜着）我又不学历史，又不会画画！

黄　得了别说了，我告诉你，立体画最重要的贡献，大概是发现了新角度！这新角度的透视真把我们本来四方八正的世界——也可以说是宇宙——推广了变大了好几倍。

琪　你讲些什么呀？

黄　（笑）我在讲角度的透视。它把我们日常的世界推广了好几倍！你知道的，现代的画——乃至于现代的照相——都是由这新角度出发！一个东西，不止可以从一面正正地看它，你也可以从上，从下，斜着，躺着或是倒着，看它！

琪　你到底要说什么呀？

黄　我就说这个！新角度的透视。为了这新角度，我们的世界，乃至于宇宙，忽然扩大了，变成许多世界，许多宇宙。

琪　许多宇宙这话似乎有点不通！

黄　此刻我的宇宙外就多了一个宇宙，我的世界外又多出一个世界，我认识的你以外又多了一个你！

琪　（恍然悟了黄在说她）得了，快别胡说一气的了！

黄　我的意思是：我认识的你以外，我又多认识了一个你——一个从梯子上往下看到的，从梯子下往上望着的李文琪！

琪　（不好意思）你别神经病地瞎扯吧！

黄　（望琪）我顶正经地说话，你怎么不信！

琪　我信了就怎样？（顽皮地）你知道这宇宙以外，根本经不起再多出一个，从梯子上往下看到的，从梯子下往上望的李文琪所看到的，坐在梯子顶上说疯话的黄仲维！（仰脸大笑）

黄　你看，你看，我真希望你自己此刻能从这儿看看你自己，（兴奋）哪一天我要这样替你画一张像！

琪　你画好了么？闹什么劲儿？下来吧。

黄　说起来容易。我眼高手低，就没有这个本领画这样一张的你！要有这个本领，我早不是这么一个空想空说的小疯子了！

琪　你就该是个大疯子了么？

黄　可不？对宇宙，对我自己的那许多世界，我便是真能负得起一点责任的大疯子了！

琪　快下来吧，黄大疯子，不然，我不管替你扶住梯子了！

黄　（转身预备下来，却轻轻地说）文琪，如果我咬定了你这句话的象征意义，你怎样说？（下到地上望琪）

琪　什么象征意义？

黄　（拉住文琪两手，对面望住她）不管我是大疯子小疯子，在梯子顶上幻想着创造什么世界，你都替我扶住梯子，别让我摔下去，行不行？

琪　（好脾气地，同时又讽刺地）什么时候你变成一个诗人？

黄　（放下双手丧气地坐在梯子最下一级上）你别取笑我，好不好？……你是个聪明人，世界上最残忍的事就是一个聪明人笑笨人！（抬头向文琪苦笑）有时候，你弄得我真觉到自己一点出息都没有！（由口袋里掏出烟，垂头叹气）

琪　（感动，不过意地凑近黄，半跪在梯边向黄柔声问）仲维，你，你看我像不像一个刻薄人？

黄　（迷惑地抓头）你？你，一个刻薄人？文琪，你怎么问这个？你别这样为难我了，小姐！你知道我不会……不会说话……简直的不会说！

琪　（起立）不会说话，就别说了，不好么？

黄　（亦起立抓过文琪肩膀摇着她）你这个人！真气死我！你你……你不知道我要告诉你什么？

琪　（逗黄又有点害怕）我，我不知道！（摆脱黄抓住她的手）

黄　（追琪）你……你把你耳朵拿过来，我非要告诉你不可——今天！

琪　（顽皮地歪着把耳朵稍凑近）哪……我可有点聋！

黄　（抓住琪的脸，向她耳边大声地）我爱你，知道吗，文琪？你知道我不会说话……

琪　（努着嘴红着脸说不出话半天）那——那就怎么样呢？（两手掩面笑，要跑）

黄　（捉住琪要放下她两手）怎样？看我……琪看我，我问你……别这样别扭吧！（从后面揽住文琪）我问你老四，你……你呢？

琪　（放下手转脸望黄，摇了一下头发微笑）我——我只有一点儿糊涂！

黄　（高兴地）老四！我真……真……噢，（把琪的脸藏在自己的胸前感伤地吻文琪发）你，你弄得我不止有一点儿糊涂了怎么好？小四！

琪　（伏在黄胸前憨笑）仲维，我有一点想哭。（抽噎着又像是笑声）

门开处唐元澜忽然闯入房里。

唐　今日这儿怎么了？！（忽见黄、琪两人，一惊）对不起，太高兴了忘了打门！

仲维、文琪同时转身望唐，难为情地相对一笑。

琪　（摇一摇头发顽皮倔强地）打不打门有什么关系？那么洋派干吗？

唐　（逗文琪）我才不知道刚才谁那么洋派来着？好在是我，不是你的大伯伯！

琪　（憨笑）元哥，你越变越坏了！（看黄微笑）

唐　可不是？（忽然正经地）顶坏的还在后边，你们等着看吧！

文琪，你二哥什么时候到？

黄　（看表）十一点一刻。

唐　为什么又改晚了一趟车？

琪　我也纳闷呢，从前，他一放假总急着回家来，这半年他怎么变了，老像推延着，故意要晚点回来似的。

唐　（看墙上画同屏风）仲维，这些什么时候画的？

黄　画的？简直是瞎涂的，昨天我弄到半晚上才睡！

唐　那是甜的苦工，越做越不累，是不是？

梅真入，仍恢复平时活泼。

梅　（望望画，望黄同琪）你们就挂了这么一张画？

琪　可不？还挂几张？

黄　挂上一张就很不错了！

唐　你不知道，梅真，你不知道一张画好不容易挂呢！（望琪）

梅　（看看各人）唐先生，您来的真早！您不是说早来帮忙么？

唐　谁能有黄先生那么勤快，半夜里起来做苦工！

黄　老唐，今日起你小心我！

梅　（望两人不懂）得了，你们别吵了，唐先生，现在该轮到您赶点活了，（手里举着一堆小白片子）您看，这堆片子本来是请您给写一写的。（放小桌上）

唐　（到小桌边看）这些不都写好了么？

梅　可不？（淘气地）要都等着人，这些事什么时候才完呀？四小姐，你看看这一屋子这么好？

三小姐文霞跑进来，文霞穿蓝布夹袍，素净像母亲，但健硕比母亲高。她虽是巾帼而有须眉气概的人，天真稚气却亦不减于文琪。爱美的心，倔强的志趣，高远的理想，都像要由眉宇间涌溢出来。她自认爱人类，愿意为人类服务牺牲者，其实她就是一个富于热情又富于理想的好孩子。自己把前面天线展得很长很远，一时事实上她却仍然是学校、家庭中的小孩子。

霞　（兴奋地）饭厅里谁插的花？简直的是妙！

大家全看着彼此。

梅真不好意思地转去收拾屋子。

琪　一定是梅真！（向梅努嘴）

霞　我以为或者是妈妈——那个瓶子谁想到拿来插梅花！

琪　那黑胆瓶呀？可不是梅真做的事。（向梅）梅真，你听听我们这热心的三小姐！怎么？梅真"烧盘儿"啦？黄梅真今天很像一个导演家!

霞　嘿,梅真,你的组织能力很行呀,明日你可以到我们那剧团里帮忙!

梅　得了,得了,你们尽说笑话!什么导演家啦,组织能力啦,组织了半天导演了半天,一早上我还弄不动一个明星做点正经事!

黄　好,我画了一晚上不算?今日早上还挂了一张名画呢?

梅　对了,这二位明星(指黄同琪)挂一张画的工夫,差点没有占掉整一幕戏的时候!(又指唐)那里那一位,好,到戏都快闭幕了才到场!

大家哄然笑。

唐　你这骂人的劲儿倒真有点像大导演家的口气,我真该到上海电影公司里去……

梅　导演四小姐的恋爱小说,三小姐的宣传人道的杰作……

霞　梅真,你再顽皮,我晚上不帮你的忙了,你问什么社会经济问题以后我都不同你说了,省得你挖苦我宣传人道!

宋雄入,手里提许多五彩小灯笼。

宋四小姐,饭厅灯安好一排,您来看看!

琪　安好了吗?真快,我来看……

琪下。

黄　我也去看看……

黄随琪下。

霞　宋雄!你来了,你那铺子怎样啦?

宋　三小姐,好久没有见着您,听说您总忙!您不是答应到我那铺子里去参观吗?您还要看学徒的吃什么,睡在哪儿,我待他们好不好,您怎么老不来呀?

霞　(笑)我过两天准来,你错待了学徒,我就不答应你！

宋　好，三小姐，这一城里成千成万的大资本家，您别单挑我这小穷掌柜的来做榜样！告诉您，我待人可真不错，刚才那小伙计送电线来，您不出去瞧瞧，吃得白胖白胖的。

唐　（微笑插嘴）小电灯匠吃得白胖白胖的可不行！小心上了梯子掉下来！

宋　（好脾气地大笑，望着梅立刻敛下笑容，很庄严地）三小姐哪天到我行里玩玩？买盏桌灯使？

霞　好，我过两天同梅真一块来。

宋　（高兴向梅）梅姊，对了，你也来串串门。（急转身望梯子）这梯子要不用了，我给拿下去吧。

梅　（温和地）好吧，劳驾你了。（急转脸收拾屋子）

宋拿梯子下。

唐　我也去看看饭厅的梅花去！

梅　得了，唐先生，您不是来帮忙吗？敢情是来看热闹的！

唐　（微笑，高兴地）也得有事给我做呀？！

梅　好，这一屋子的事，还不够您做的？

霞　我也该来帮点忙了。

梅　三小姐，这堆片子交给您，由您分配去，吃饭分三组，您看谁同谁在一起好。就是一件。（附霞耳细语）

霞　这坏丫头！（笑起来，高兴地向门走）

文霞下。

梅真独自收拾屋子不语。

唐元澜望梅，倚书架亦不语。

梅　怎么了，唐先生？

唐　没有怎么了，我在想。

梅　什么时候了，还在想！

唐　我在想我该怎么办！

梅　什么事该怎么办？

唐　所有的事！……好比……你……

梅　（惊异地立住）我？

唐　你！你梅真，你不是寻常的女孩子，你该好好自己想想。

梅我，我自己想想？……那当然，可是为什么你着急，唐先生？

唐　（苦笑）我不着急，谁着急？

梅　这可奇怪了！

唐　奇怪，是不是？世界上事情都那么奇怪！

梅　唐先生，我真不懂你这叫做干吗！

唐　别生气，梅真，让我告诉你，我早晚总得告诉你，你先得知道我有时很糊涂，糊涂极了！

梅　等一等，唐先生，您别同我说这些话！有什么事您不会告诉大小姐去？

唐　梅真！大小姐同我有什么关系？除掉那滑稽的误会的订婚！你真不知道，我不是来找那大小姐的，我是来这儿解释那订婚的误会的，同时我也是来找她二弟帮我忙，替你想一想法子离开这儿的。

梅　找二爷帮你的忙，替我想法子离开这儿？我愈来愈不明白你的话了！

唐　我知道我这话唐突，我做的事糊涂，我早该说出来，我早该告诉你……（稍停）

梅　我不懂你早该告诉我什么？

唐　我早该告诉你，我不止爱你，我实在是佩服你，敬重你，关心你。当时我常来这儿找她们姊妹们玩，其实也就是对你……对你好奇，来看看你，认识你！一直到现在我还是一样的对你好奇，尽想来看你，认识你——平常的说法也许就是爱恋你，倾倒你。

梅　来看我？对我好奇？（眼睛睁得很大，向后退却）对我……

唐　你！来看你！对你好奇，我才糊糊涂涂地常来！谁知道倒弄出一个大误会！大家总以为我来找文娟，我一出洋，我那可恶的刘姨嬷就多管闲事，做主说要我同文娟订婚！这玩笑可开得狠了！弄得我这狼狈不堪的！这次回来，事情也还不好办，因为这儿的太太是大小姐的后妈，却是我的亲姑姑，我不愿意给她为难，现在就盼着二少爷回来帮帮我的忙，同文娟说穿了，然后再叫我上地狱过刀山挨点骂倒不要紧，要紧的是你……

梅　（急得跺脚两手抱住额部，来回转）别说了，别说了，我整个听糊涂了！……你这个叫做怎么回事呀？（坐一张矮凳上，不知所措）

唐　（冷静地）说得是呢？怎么回事？！（叹息）这次我回来才知道大小姐同你那样做对头，我真是糊涂，我对不起你。（走近梅真）梅真，现在我把话全实说了，你能原谅我，同情我！你……（声音轻柔地）这么聪明，你……你不会不……

梅（急打断唐的话）我，我同情你，但是你可要原谅我！

唐　为什么？

梅　因为我——我只是没有出息的丫头，值不得你，你的……爱……你的好奇！

唐　别那样子说，你弄得我感到惭愧！现在我只等着二少爷回来把那误会的婚约弄清。你答应我，让我先帮助你离开这儿，你要不信我，你尽可让我做个朋友……我们等着二少爷……

梅　（哭着拿手绢蒙脸）你别，你别说了，唐先生！你千万别跟二少爷提到我！好，我的事没有人能帮助我的！你别同二少爷说。

唐　为什么？为什么别跟二少爷提到你？（疑心想想，又柔声地问）你不知道他是一个很能了解人情的细心人？他们家里的事有他就有了办法吗？

梅　（擦眼泪频摇头）我不知道，你别问我！你就别跟二少爷提到我就行了！你要同大小姐退婚，自己快去办好了！（起立要走）那事我很同情你的，不信问四小姐。（又哭拭眼泪）

唐　梅真，别走！你上哪儿去？我不能让你这样为难！我的话来得唐突，我知道！可是现在我的话都已经实说出来了，你，你至少也得同我说真话才行！（倔强地）我能不能问你，为什么你叫我别对二少爷提到你？为什么？

梅　（窘极摇头）不为什么！不为……

唐　梅真，我求你告诉我真话。（沉着严重地）你得知道，我不是个浪漫轻浮的青年人，我已经不甚年轻，今天我告诉你，我爱你，我就是爱你，无论你爱不爱我！现在我只要求你告诉我真话。（头低下去，逐渐了解自己还有自己不曾料到的苦痛）你不用怕，你尽管告诉我，我至少还是你的朋友，盼望你幸福的人。

梅　（始终低头呆立着咬手绢边，至此抿紧了口唇，翻上含泪的眼向唐）我感激你，真的我，我感激你……

唐　（体贴的口气）为什么你不愿意我同文靖提到你？

梅　因为他——他——（呜咽地哭起来）我从小就在这里，我……我爱……我不能告诉你……

唐　（安静地拍梅肩安慰地）他知道么？

梅　我就是不知道他知道不知道呀！（又哭）他总像躲着我。……这躲着我的缘故，我也不明白……又好像是因为喜欢我，又好像是怕我——我——我真苦极了……（又蒙脸哭）

唐　梅真！你先别哭，回头谁进来了……（四面张望着拉过梅真到一边）好孩子，别哭，恋爱的事太惨了，是不是？（叹口气）不要紧，咱们两人今天是同行了。（自己低头，掏出手绢擤鼻子，又拿出烟点上，嘴里轻轻说）我听见窗子外面有人过去，快把眼睛擦了！

窗外许多人过去，仲维、文琪同文霞的声音都有。

窗外荣　二少爷的火车是十一点一刻到。

窗外黄　雇几辆洋车？都谁去车站接二哥？

窗外霞　还有我……

窗外琪　我也去接二哥！

窗外黄　快，现在都快十点半了！

唐静静地抽着烟，梅真低头插瓶花，整理书架。

窗外　二少爷火车十一点一刻到，是不是？

又　还有三刻钟了，还不快点？

梅又伏桌上哭，唐不过意地轻拍梅肩，门忽轻轻推开，大小姐文娟进来，由背后望着他们。窗外仍有嘈杂声。

窗外　接二哥去……快吧……

［幕下］

第三幕

出台人物（按出台先后）：

文娟

李二太太　李琼

张爱珠

文琪

荣升

二少爷　文靖初由大学校毕业已在南方工厂供职一年的少年

文霞

梅真

地　点：三小姐四小姐共用的书房

时　间：与第二幕同日，下午四点钟后

同一个房间,早上纷乱的情形又归恬静。屋子已被梅真同文琪收拾得成所谓未来派的吃烟室。墙上挂着新派画,旁边有一个比较怪诞的新画屏风。矮凳同靠垫同其他沙发,椅子分成几组,每组有他中心的小茶几,高的,矮的,有红木的,有雕漆的,圆的同方的。家具显然由家中别处搬来,茶几上最主要的摆设是小盏纱灯同烟碟。书架上窗子前均有一种小小点缀。最醒目的是并排的红蜡烛。近来女孩子们对于宴会显然受西洋美术的影响,花费她们的心思在这种地方。

幕开时天还没有黑,阳光已经有限,屋中似乎已带点模糊。大小姐文娟在一张小几前反复看一封短短的信。

娟　(自语)这真叫人生气!今早的事,我还没有提出,他反如此给我为难!这真怪了,说得好好的他来,现在临时又说不能早来!这简直是欺侮我!(皱眉苦思)今晚他还要找我说话,不知要说什么?……难道要同我提起梅真?(不耐烦地起立去打电话)喂,东局五三四〇,哪儿?喂,唐先生在家么?我李宅,李小姐请他说话……(伸头到处看有没有人)……喂,元澜呀?我是娟,对了……你的信收到了,我不懂!干吗今晚不早来跳舞?为什么你愈早来,愈会妨碍我的愉快?怎么这算是为我打算!什么?晚上再说?这样你不是有点闹别扭,多存心给人不高兴?……人……人家好意请你……你自己知道对不起人,那就不要这样,不好么?你没有法子?为什么没有法子?晚上还是不早来呀?那……那随你。(生气地将电话挂上,伏在桌上哭,又擦擦眼泪欲起又怔着)

妈妈(李琼)走进屋子,望见文娟哭惊讶地退却,又换个主意仍然进来。

琼　(装作未见娟哭)这屋子安排得倒挺有意思!

娟低头拭泪不答。

琼　（仍装作未见）到底是你们年轻人会弄……

娟仍不语。

琼　娟娟，这趟二弟回来你看是不是比去年头显着胖一点？（望见娟不语）我真想不到他在工厂里生活那么苦，倒吃胖了，这倒给我这做父母的一个好教训。我自己寻常很以为我没有娇养过孩子，就现在看来我还应该让你们孩子苦点才好！（偷看文娟，见她没有动静）你看，你们这宴会，虽然够不上说奢侈，也就算是头等幸福。这年头挨饿的不算，多数又多数的人是吃不得饱的，这个有时使我很感到你们的幸福倒有点像是罪过！（见到娟总不答应，决然走到她背后拍着她）娟娟，怎么了？热闹的时候又干吗生气？

娟　（哽声愤愤地）谁……谁愿意生气？！

琼　娟，妈看年轻的时光里不值得拿去生气的！昨晚上，我听你睡得挺晚，今晚你们一定会玩到更晚，小心明天又闹头痛！

娟索性哭起来。

琼　别哭，别哭，回头眼睛哭红了不好看，到底什么事，能告诉我吗？

娟　（气愤地抬头）元澜今晚要丢我的面子！他，他说他不能早来，要等很晚才到，吃饭的时候人家一定会奇怪的，并且妈不是答应仲维同老四今晚上宣布他们的婚约吗？

琼　元澜早来晚来又有什么关系？

娟　怎么没有关系？！并且，我告诉妈吧，梅真太可恶了！

琼　（一惊）梅真怎么了？

娟　怎么了？！妈想吧！一直从元澜回来后，她总是那么妖精似的在客人面前讨好，今早上我进这屋子正看见她对元澜不知哭什么！元澜竟然亲热地拿手搭在她背上，低声细语地在那儿安慰她！我早就告诉妈，梅真要不得！

琼　（稍稍思索一下）在你们新派人的举动里，这个

· 208 ·

也算不得什么了不得的事！这也不能单怪梅真。（用劝告的口气）我看娟娟，你若是很生气元澜，你们那婚约尽可以"吹"了，别尽着同元澜生气下去，好又不好，吹又不吹地僵着！婚姻的事不能勉强的，你得有个决心才好。

娟　他，他遛了人，我怎么不生气！

琼　他要真不好，你生他的气，又有什么用？还不如大家客客气气地把话说开了，解除了这几年口头上的婚约，大家自由。

娟　这可便宜了他！

琼　这叫什么话，娟？你这样看法好像拿婚姻来同人赌气，也不顾自己的幸福！这是何苦来？你要不喜欢他，或是你觉得他对不起你，那你们只好把从前那事吹了，你应该为自己幸福打算。

娟　这样他可要得意了！他自己素来不够诚意，"遛"够了人家，现在我要提出吹了婚约的话，他便可以推在我身上说是我遛了他！

琼　什么是谁"遛"了谁！如果合不来，事情应该早点解决，我看，婚姻的事很重大，不是可以随便来闹意气的。你想想看，早点决定同我说。你知道，我多担心你这事！

娟　那么，梅真怎么样？她这样可恶，您也不管吗？

琼　梅真的事我得另外问问她，我还不知道她到底做了些什么不应该的事。

娟　我不是告诉您了么，她对元澜讨好，今早我亲眼看到他们两人在这屋子里要好得了不得样子……

琼　这事我看来还是你自己决定，如果你不满元澜对你的态度，你就早点同他说，以后你们的关系只算是朋友，从前的不必提起，其他的事根本就不要去管它了。

娟　您尽在我同元澜的关系一点上说，梅真这样可恶荒唐，您就不提！

琼　老实说，娟，这怎样又好算梅真的荒唐可恶呢？这事本该是元澜负点责！现在男女的事情都是自己自由的，我们又怎样好去禁止谁同谁"讨好"？

娟　好，我现在连个丫头都不如了！随便让她给侮辱了，我只好吞声下气地去同朋友解除婚约！我反正只怪自己没有娘，命不好……

琼　娟，你不能对我这样说话！（起立）我自认待你一百分的真心。你自小就为着你的奶奶总不听我的话，同我种种为难，我对你总是很耐烦的。今天你这么大了，自己该有个是非的判别力！据我的观察，你始终就不很喜欢元澜的，我真不懂你为什么不明白地表示出来？偏这样老生气干吗？

娟　谁说过我不喜欢元澜？

琼　我说据我的观察。我也知道你很晓得他学问好，人品好，不过婚姻不靠着这种客观的条件。在性情上你们总那么格格不入，这回元澜由国外回来，你们两人兴趣越隔越远……

娟　反正订婚的事又不是我的主张！本来是他们家提的不是；现在他又变心了，叫我就这样便宜了他，我可没有那么好人！

琼　娟，这是何苦来呢？

娟　我不知道！（生气地起立）我就知道，我要想得出一个法子，我一定要收拾收拾梅真，才出得了我这口气。我恨透了梅真！当时我就疑心元澜有点迷恋她。

琼　你早知道了，为什么你答应同元澜订婚？

娟　就是因为我不能让梅真破坏我同元澜的事！

琼　娟，你这事真叫我着急，你这样的脾气只有给自己苦恼，你不该事事都这样赌气似的来！

娟　事事都迫着我赌气！这梅真简直能把我气死，一天到晚老像反抗着我。明明是丫头而偏不服！本来她做丫头又不是我给卖掉的，也不是我给买来的，她对我总是那么一股子恨。

琼　她这点子恨也许有一点,可是你能怪得她么？记得当时奶奶在时你怎样地压迫她，怎样地使她的念书问题变得格外复杂？当时她岁数还小，没有怎样气，现时她常常愤慨她的身世，怀恨她的境遇感到不平……不过她那一点恨也不尽是恨你……

娟　我又怎样地压迫她？她念书不念书怎么又是我负责？

琼　当然我是最应该负责的人，不过当时她是你奶奶主张买来的，又交给我管，一开头我就知道不好办，过去的事本来不必去提它，不过你既然问我，我也索性同你说开，当时我主张送她到学堂念书，就是准备收她做干女儿，省得委屈她以后的日子。我想她那么聪明，书总会念得好。谁知就为着她这聪明，同你一块儿上学，功课常比你的好，你就老同她闹，说她同你一块上学，叫你不好看。弄到你奶奶同我大生气，说我做后嬷的故意如此，叫你不好过。这样以后我才把她同你姊妹们分开，处处看待她同看待你们有个不同，以示区别……

娟　奶奶当时也是好意，她是旧头脑，她不过意人家笑话我同丫头一起上学……那时二弟上的是另外一个学堂，三妹、四妹都没有上学，就是我一人同梅真。

琼　就为着这一点，我顺从了你奶奶的意思，从此把梅真却给委屈了！到了后来我不是把梅真同三妹、四妹也同送一个学堂，可是事事都成了习惯，她的事情地位一天比一天不好办，现在更是愈来愈难为情了！老实说，我在李家做了十来年的旧式儿媳妇，事事都顺从着大人的主意，我什么都不懊悔，就是梅真这桩事，我没有坚持我的主张误了她的事，现在我总感到有点罪过……

娟　我不懂您说的什么事一天比一天的不好办，愈来愈难为情？

琼　你自己想想看！梅真不是个寻常的女孩子，又受了相当高的教育，现在落个丫头的名义，她以后怎么办？当时在小学校时所受的小小刺激不算，后来进中学，她有过朋友不能请人家到家里来，你们的朋友她得照例规规矩矩地拿茶，拿点心，称先生，称小姐——那回还来过她同过学的庄云什么，你记得么？她就不感到不公平，我们心里多感到难为情？……现在她也这么大了，风气同往前更不同了，她再念点新思想的书……你想……

娟　那是三妹在那儿宣传她的那些社会主义！

琼　我也用不着老三那套社会主义，我们才明白梅真在我们这里有许多委屈不便的地方！就拿今天晚上的请客来说吧，到时候她是不是可以出来同你们玩玩？……

娟　对了，（生气地）今天晚上怎么样？四妹说妈让梅真出来做客——是不是也让她跳舞？……要是这样，我干脆不用出来了……这明明是同我为难！

琼　（叹口气）一早上我就为着这桩事七上八下的，想同你商量，我怕的就是你不愿意，老三，老四都说应该请梅真。

娟　那您又何必同我商量？您才不用管我愿意不愿意呢！

琼　娟，我很气你这样子说话！你知道，我就是常常太顾虑了你愿意不愿意，才会把梅真给委屈了，今晚上的宴会，梅真为你们姊妹忙了好多天，你好意思不叫她出来玩玩？她也该出来同你们的朋友玩玩了。

娟　这还用您操心，（冷冷地）分别不过在暗同明的就是了。今早上她不是同元澜鬼混了一阵子么？（哭）反正，我就怪我没有嬤……

琼　娟，你只有这么一个病态心理吗？为什么你不理智一点，客观一点，公平一点看事！……我告诉你，我要请梅真出来做客是一桩事，你同元澜合得来合不来又是一桩事，你别合在一起闹。并且为着保护你的庄严，你既不满意元澜，你该早点同他说穿了，除掉婚约。别尽着同他别扭，让他先……先开口……我做妈的话也只能说到这里了。

娟委屈伤心地呜咽着哭起来。

琼　（不过意地走到娟身旁，坐下一臂揽住文娟，好意地）好孩子，别这样，你年纪这么轻，幸福，该都在前头呢，元澜不好，你告诉他……别叫人笑话你不够大方……对梅真我也希望你能厚道一点……

爱珠忽然走进来。

珠　（惊愕地）文娟怎么了？

琼　张小姐你来得正好，娟娟有点不痛快，你同她去洗洗脸……一会就要来客了不是？娟，今晚上你们请客几点来？

娟　六点半……七点吧……反正我不出来了。

珠　（坐娟旁）娟娟，怎么啦？

琼　（起立）张小姐你劝劝她吧，本来也不是什么大事情，我今晚决定请梅真出来做客，趁这机会让我表白一下我们已经同朋友一样看待她。你是新时代人，对于这点一定赞成的，晚上在客人眼前一定不会使梅真有为难的地方。（要走）

珠　伯母今晚请梅真做客，这么慎重其事的，（冷笑）那我们都该是陪客了，怎么敢得罪她！

琼　（生气正色地）我不是说笑话，张小姐，我就求你们年轻人厚道一点，多多帮点忙……

娟暗中拉爱珠衣袖。

琼下。

珠　怎么了，娟？

娟　怎么了，这是我的命太怪，碰上这么个梅真！大家近来越来越惯她，我想不到连妈都公然护着她，并且妈妈明明听见了我说元澜有点靠不住……今早上他们那样子……

珠　我不懂元澜怎么靠不住？

娟　你看不出来元澜近来的样子在疯谁？他常常盯着眼看梅真的一举一动，没有把我气死！今早上……

外面脚步响。

珠　（以手指放唇上示意叫文娟低声）唏！外面有人进来，我们到你屋子去讲吧……

娟回头望门，外面寂然。

娟　回头我告诉你……

珠　（叹口气向窗外望，又回头）娟，我问你，我托你探探你二弟的口气，你探着什么了没有？

娟　二弟的嘴比蜡封的还紧，我什么也问不出来。据我看他也不急着看璨璨……

珠　得了，我也告诉你，我看，也是梅真的鬼在那儿作怪，打吃午饭时起，我看你二弟同梅真就对怔着，也不知是什么意思。

外面又有语声，两人倾耳听。

娟　我们走吧，到我屋子去……

荣升提煤桶入。

娟　什么事，荣升？

荣　四小姐叫把火添得旺旺的，今儿晚上要屋子越热越好。

珠　我们走吧！

娟、珠同下。

荣　（独弄火炉，一会儿又起立看看屋子。对着屏风）这也不叫着什么？（又在几个小凳上试试。屋子越来越黑）这天黑得

真早!（又去开了开小灯。左右回顾才重新到火炉边弄火炉）

小门开了，四小姐文琪肩上披着白毛巾散着显然刚洗未干的头发进来。

荣　四小姐，是您呀？

琪　荣升，火怎样了？

荣　我这儿正通它呢！说话就上来。

琪　荣升，今晚上，今晚上你同梅真说话客气点……

荣　我们"多会儿"说话都是客客气气的……人家是个姑娘……

琪　不是为别的，今晚上太太请梅真出来做客，你们就当她是一位客人，好一点，你知道她也是我的一个同学。

荣　反正，您是小姐，您要我们怎样，我们一定得听您的话的，可是四小姐……我看（倚老卖老地）您这样子待她，对她也没有什么好处……

琪　为什么？你的话我不懂！（走近火炉烤头发）

荣　您想吧，您越这样子待她不是越把她眼睛提得老高，往后她一什么，不是高不成，低不就，不落个空么？

琪　我不懂，这个怎讲？

荣　就是那德记电料行宋掌柜的，说话就快有二年了！

琪　宋掌柜又怎么了，什么快有二年了？

荣　（摩擦两掌吞吞吐吐地）那小宋不尽……等着梅真答应……嫁给他吗？

琪　（惊讶地）小宋等……等……梅真？

荣　说得是呢，那不是挺"门当户对"的。梅真就偏不给他个回话，人家也就不敢同二太太提。那天我媳妇还说呢，她说，要么她替宋掌柜同太太小姐们说说好话，小宋也没有敢让我们来说话。今儿，我顺便就先给您说一下子……

小门忽然推开，文靖——刚回家的二少爷——进来。文靖像他一家子人，也是有漂亮的体格同和悦的笑脸的。沉静处，他最像他母亲，我们奇怪的是在他笑悦的表情底下，却蕴住与他不相宜的一种忧郁，这一点令人猜着是因为他背负着一个不易解决的问题所致,而不是他性情的倾向。

靖　(亲热淘气地)怎样?

琪　(向荣升)你去吧,快点再去别的屋子看看炉子。

荣　好吧,四小姐。

荣匆匆下。

靖　(微笑)荣升还是这个样子,我总弄不清楚他是个好人还是个坏人!(重新淘气地)怎么样?我看你还是让我跟你刷头发吧!

琪　二哥,我告诉你了,你去了一年,手变粗了,不会刷头发了,我不要你来弄我的头!

靖　别那么气我好不好?你知道我的手艺本来就高明,经过这一年工厂里的经验,弄惯了顶复杂的机器,我的手更灵敏了许多……

琪　得了,我的头可不是什么复杂的机器呀!

靖　(笑逗琪)我也知道它不复杂,仅是一个很简单的玩艺儿!

琪　二哥你真气人!(用手中刷子推他)你去吧,你给自己去打扮打扮,今晚上有好几位小姐等着欢迎你呢!去吧,我不要你刷我的头发。……

靖　(把刷子夺过举得高高地)我真想不到,我走了一年,我的娇嫩乖乖的小妹妹,变成了这么一个凶悍泼辣的"娘们"!

琪　你真气死我啦!

靖　别气,别气,气坏了,现在可有人会不答应我的……

琪　(望靖,正经地)二哥……二哥……你还没有告诉我,你喜欢不喜欢仲维呢?……(难为情地)二哥,你得告诉我真话……

靖　（亲热怜爱地）老四，你知道我喜欢仲维，看样子他很孩子气，其实我看他很有点东西在里面，现在只看他怎样去发展他那点子真玩艺儿……

琪　我知道，我知道，我看我们这许多人里，顶算他有点，有点真玩艺儿，二哥，你也觉得这样，我太高兴了……今晚上我们就宣布订婚的事。

两人逐渐走近火炉边。

靖　（轻轻地推着琪）高兴了，就请你坐下，乖乖地让我替你刷头发……做个纪念，以后嫁了就轮不到哥哥了！

琪　（笑）二哥，你真是怪物，为什么，你这么喜欢替我刷头发？

靖　这个你得问一个心理学家，我自己的心理分析是：一个真的男性他一定喜欢一件极女性的柔媚的东西，我是说天然柔媚的东西，不是那些人工的，奢侈繁腻的可怕玩艺儿！（刷琪发）

琪　吓！你轻一点……

靖　对不起，（又刷琪发）这样子好不好？我告诉你，不知为什么，我觉得刚洗过的女孩子的头发，表现着一种洁净，一种温柔，一种女性的优美，我对着它会起一种尊敬，又生一种爱，又是审美的，又是近人性的……并且在这种时候，我对于自己的性情也就感到一种和谐的快活。

琪　真的么？二哥。

靖　你看（一边刷头发）我忘了做男子的骄傲，把他的身边的情绪对一个傻妹妹说，她还不信！

琪　二哥，我还记得从前你喜欢同人家打辫子，那时候我们都剪了头发，就是梅真有辫子……我们都笑你同丫头好，你就好久好久不理梅真……

靖　（略一皱眉）你还记得那些个，我都忘了！（叹口气）我抽根烟好不好？哪，（把刷子递给琪）你自己刷一会，我休息一下子……

琪　（接刷子起立）好，就刷这几下子！（频频打散头发摇下水花）二哥，你到底有几天的假？

靖　不到十天。

琪　那为什么你这么晚才回来，不早点赶来，我们多聚几天？你好像不想回家，怕回家似的。

靖　我，我真有点怕哩。

琪　（惊奇的）为什么？

靖　老四，你真不知道？

琪　不知道什么？我不懂！

靖　我怕见梅真……

琪　（更惊讶地）为什么，二哥？

靖　（叹口气，抽两口烟，默然一会儿）因为我感到关于梅真，我会使妈妈很为难，我不如早点躲开点，我决定我不要常见到梅真倒好。

琪　二哥！你这后怎么讲？

靖　（坐下，低头抽烟）老四，你不……不同情我么？（打打烟灰）有时我觉到很苦痛——或者是我不够勇敢。

琪　（坐到靖旁边）二哥，你可以全告诉我吗？我想……我能够完全同情你的，梅真实在能叫人爱她……（见靖无言）现在你说了，我才明白我这人有多糊涂！我真奇怪我怎么没想到，我早该看出你喜欢她……可是有一时你似乎喜欢璨璨——你记得璨璨吗？我今晚还请了她。

靖　（苦笑）做妹妹的似乎比做姐姐的糊涂多了。大姐早就疑心我，处处盯着我，有一时我非常地难为情。她也知道我这弱点，更使得我没有主意，窘透了，所以故意老同璨璨在一起，（掷下烟，起立）老四，我不知道你怎样想……

琪　我？我……怎样想？

靖　我的意思是：我不知道你是不是也感到如果我同梅真好，这事情很要使妈妈苦痛，（急促地）我就怕人家拿我的事去奚落她，说她儿子没有出息，爱上了丫头。我觉得那个说法太难堪；社会上一般毁谤人家的话，太使我浑身起毛栗。就说如果我真的同梅真结婚，那更糟了，我可以听到所有难听的话，把梅真给糟蹋坏了……并且妈妈拿我这儿子看得那么重，我不能给人机会说她儿子没有骨气，（恨恨地）我不甘心让大伯孃那类人得意地有所借口，你知道么？老四！

琪　现在我才完全明白了！……怪不得你老那样极力地躲避着梅真。

靖　我早就喜欢她，我告诉你！可是我始终感到我对她好只会给她苦痛的，还要给妈妈个难题，叫她为我听话受气，所以我就始终避免着，不让人知道我心里的事儿，（耸一耸肩）只算是给自己一点点苦痛。（支头沉思）

琪　梅真她不知道吗？

靖　就怕她有点疑心！或许我已经给了她许多苦痛也说不定。

琪　也许，可是我倒没有看出来什么……我也很喜欢梅真，可是我想要是你同她好，第一个，大伯伯一定要同妈妈闹个天翻地覆，第二个是大姊，一定要不高兴，更加个爱传是非的大伯孃，妈妈是不会少麻烦的。可是刚才我刚听到一桩事，荣升说梅真……什么她……（有点不敢说小宋求婚的事）

靖　（显然不高兴）梅真怎么了？

琪　荣升说……

张爱珠盛妆入。

珠　嘿，你们这里这么黑，我给你们开盏灯！

琪　（不耐烦地同靖使个眼色）怎么你都打扮好了！这儿可不暖和呀。

珠　（看靖）我可以不可以叫你老二？你看，这儿这个叫你二哥那个叫你二弟的，我跟着哪个叫都不合适！（笑眯眯地，南方口音特重）老二，你看，我这副镯子好不好？（伸手过去）

靖　（客气地）我可不懂这个。

珠　你看好不好看呢？

靖　当然好看！

珠　干吗当然？

靖　（窘）因为当然是应该当然的！

珠　（大笑）你那说话就没有什么诚意！……嘿，老四你知道，你大姐在那儿哭吗？

琪　她又哭了，我不知道，反正她太爱哭。

珠　这个你也不能怪她，（望一望靖）她今早上遇到元澜同梅真两人在这屋子里，也不知是怎样的要好，亲热极的那样子——她气极了。

琪　什么？不会，不会，一定不会的！

珠　嘿，人家自己看见了，还有错么？你想。

琪望靖，靖转向门。

靖　你们的话，太复杂了，我还是到屋里写信去吧，说不定我明天就得走！

琪　二哥，你等等……

靖　不行，我没有工夫了。

靖急下。

珠　（失望地望着靖的背影）你的二哥明天就走？

琪　不是我们给轰跑的吗？爱珠，大姐真的告诉你那些话么？

珠　可不真的！难道我说瞎话？

琪　也许她看错了，故意那么说，因为她自己很不喜欢元哥！

珠　这个怎样会看错？我真不懂你怎么看得梅真那么好人！你妈说今晚要正式请梅真在这儿做客，好让她同你们平等，我看她以后的花样可要多了。说不定仲维也要让她给迷住！

琪　爱珠！你别这样子说话！老实说，梅真实在是聪明，现在越来越漂亮，为什么人不能喜欢她？（笑）要是我是男人，也许我也会同她恋爱。

珠　（冷笑）你真是大方，随便可以让姊姊的同自己的好朋友同梅真恋爱，梅真福气也真不坏！

琪　得了吧，我看她就可怜！

文霞拉着梅真上。

霞　梅真真气人，妈请她今天晚上一定得出来做客，她一定不肯，一定要躲起来。

珠　梅真干吗这样子客气，有人等着要人同你恋爱呢，你怎么要跑了，叫人失恋！

梅　张小姐，您这是怎么讲？

霞　（拉着梅真）梅真，你管她说什么！我告诉你，你今天晚上就得出来，你要不出来，你就是不了解妈妈的好意，对不起她。你平日老不平社会上的阶级习惯，今天轮到你自己，你就逃不出那种意识，介意这些个，多没有出息！

琪　梅真，要是我是你，我才不躲起来！

梅　（真挚地带点咽哽）我不是为我自己，我怕有人要不愿意，没有多少意思。

珠　（向梅真）你别看我不懂得你的意思！大小姐今天晚上还许不出来呢，你何苦那么说。反正这太不管我的事了，这是你们李家的纠纷……

霞　怎么？大姊今晚上真不出来吗？那可不行，她还请了好些个朋友我们都不大熟的……

珠　那你问你大姊去，我可不知道，老实说我今天听了好些事我很同情她……

爱珠向着门，扬长而去。

梅　你们看，是不是？我看我别出来吧，反正我也没有什么心绪……

琪　三姊，我们同去看大姊吧，回头来了客，她闹起别扭来多糟糕！

霞　（回头）梅真你还是想一想，我劝你还是胆子大一点，装做不知道好！今天这时候正是试验你自己的时候……

梅　好小姐，你们快去看大小姐吧，让我再仔细想，什么试验不试验的，尽是些洋话！

琪、霞同下，梅起灭了大灯，仅留小桌灯，独坐屏风前小角隅里背向门，低头啜泣。门轻轻地开了，文靖穿好晚服的黑裤白硬壳衬衫，黑领结打了一半，外面套着暗色呢"晨衣"Dressing-Gown 进来。

靖　老四，给我打这鬼领带……哪儿去啦？……（看看屋子没有人，伸个懒腰垂头丧气地坐在一张大椅上，拿出根烟抽，又去寻洋火起立在屋中转，忽见梅真）梅梅真……你在这儿干吗？

梅　（拭泪起立强笑）好些事，坐在这里想想……

靖　（冷冷地）那么对不起，打扰了！我进来时就没有看见你。

梅　你什么时候都没有看见我……

靖　（一股气似的）为什么我要特别注意你？……

梅　（惊讶地瞪着眼望着）谁那样说啦？哪有那样说话的，靖爷！（竭力抑制住）我的意思是你走了一年……今天回来了……谁都高兴，你……你却那样好像……好像不理人似

的，叫人怪难过的！（欲哭又止住眼泪）

靖　我不知道怎样才叫理人？也许你知道别位先生们怎样理你法子，我就不会那一套……

梅　（更惊讶靖的话）靖爷！你这话有点儿怪！素常你不爱说话，说话总是顶直爽的，今天为什么这样讲话？

靖　你似乎很明白，那不就得了么？更用不着我直爽了！

梅　（生气地）我不懂你这话，靖爷，你非明说不可！

靖　我说过你明白就行了，用不着我明说什么，反正我明天下午就走了，你何必管我直爽不直爽的！你对你自己的事自己直爽就行了。虽然有时候我们做一桩事，有许多别人却为着我们受了一些苦处……不过那也是没有法子的事！

梅　（带哭声）你到底说什么？我真纳闷死了！我真纳闷死了。（坐椅上伏椅背上哭起来）

靖有点不过意，想安慰梅走到她旁边又坚决地转起走开。

文琪入。

琪　二哥，（见哭着的梅真）怎么了？

梅　（抬头望琪）四小姐，你快来吧，你替我问问靖爷到底怎么了，我真不懂他的话！

琪　（怔着望文靖不知所措）二哥！

靖　老四，不用问了！我明天就走，一切事情我都可以不必再开心了，就是妈妈我也交给你照应了……

琪　二哥！

文靖绷紧着脸匆匆走出。

梅　四小姐！

琪　梅真！到底怎么了？

梅　我就不明白，此刻靖爷说的话我太不懂了……

琪　他同你说什么呢？

梅　我一个坐在这里，他，他进来了起先没有看见我，后来看见了，尚冷冷地说对不起他打扰了我……我有点气他那不理人的劲儿，就说他什么时候反正都像不理人……他可就大气起来问我怎样才叫理人！又说什么也许我知道别位先生怎样理我法子，他不懂那一套……我越不懂他的话，他越……我真纳闷死了！

琪　（怔了这许久）我问你梅真，元哥同你怎么啦？今早上你们是不是在这屋子里说话？

梅　今早上？噢，可是你怎么知道，四小姐？

琪　原来真有这么一回事！（叹口气）张爱珠告诉我的，二哥也听见了。爱珠说大姊亲眼见到你同元哥……同元哥……

梅　（急）可是，可是我没有同唐先生怎样呀！是他说，他，他……对我……

琪　那不是一样么？

梅　（急）不一样嚜！不一样嚜！（哭声）因为我告诉他，我爱另一个人，我只知道那么一个人好……

琪　谁？那是谁？

梅　（抽噎着哭）就是，就是你这二哥！

琪　二哥？

梅　（仍哭着）可是，四小姐你用不着着急，那没有关系的，我明天就可以答应小宋……去做他那电料行的掌柜娘！那样子谁都可以省心了……我不要紧……

琪　（难过地）梅真！你不能……

梅　我怎么不能，四小姐？（起立拭泪）你看着吧！你看……看着吧！

琪　梅真！你别……你……

梅真夺门出，琪一人呆立片刻，才丧气地坐下以手蒙脸。

［幕下］

（未完）

（以上三幕连载于1937年5、6、7月的《文学杂志》）

我们的首都

林徽因作品精选

中山堂

　　我们的首都是这样多方面的伟大和可爱，每次我们都可以从不同的事物来介绍和说明他，来了解和认识他。我们的首都是一个最富于文化建筑的名城；从文物建筑来介绍他，可以更深刻地感到他的伟大与罕贵。下面这个镜头就是我要在这里首先介绍的一个对象。

　　他是中山公园内的中山堂。你可能已在这里开过会，或因游览中山公园而认识了他；你也可能是没有来过首都而希望来的人，愿意对北京有个初步的了解。让我来介绍一下吧，这是一个愉快的任务。

　　这个殿堂的确不是一个寻常的建筑物；就是在这个满是文物建筑的北京城里，它也是极其罕贵的一个。因为它是这个古老的城中最老的一座木构大殿，它的年龄已有五百三十岁了。它是十五世纪二十年代的建筑，是明朝永乐由南京重回北京建都时所造的许多建筑物之一，也是明初工艺最旺盛的时代里，我们可尊敬的无名工匠们所创造的、保存到今天的一个实物。

　　这个殿堂过去不是帝王的宫殿，也不是佛寺的经堂；它是执行中国最原始宗教中祭祀仪节而设的坛庙中的"享殿"。中山公园过去是"社稷坛"，就是祭土地和五谷之神的地方。

　　凡是坛庙都用柏树林围绕，所以环境优美，成为现代公园的极好基础。社稷坛全部包括中央一广场，场内一方坛，场四面有短墙和棂星门；短墙之外，三面为神道，北面为享殿和寝殿；它们的外围又有红围墙和美丽的券洞门。正南有井亭，外围古柏参天。

中山堂的外表是个典型的大殿。白石镶嵌的台基和三道石阶，朱漆合抱的并列立柱，精致的门窗，青绿彩画的阑额，由于综错木材所组成的"斗栱"和檐椽等所造成的建筑装饰，加上黄琉璃巍然耸起，微曲的坡顶，都可说是典型的、但也正是完整而美好的结构。它比例的稳重，尺度的恰当，也恰如它的作用和它的环境所需要的。它的内部不用天花顶棚，而将梁架斗栱结构全部外露，即所谓"露明造"的格式。我们仰头望去，就可以看见每一块结构的构材处理得有如装饰画那样美丽，同时又组成了巧妙的图案。当然，传统的青绿彩绘也更使它灿烂而华贵。但是明初遗物的特征是木材的优良（每柱必是整料，且以楠木为主），和匠工砍削榫卯的准确，这些都不是在外表上显著之点，而是属于它内在的品质的。

中国劳动人民所创造的这样一座优美的、雄伟的建筑物，过去只供封建帝王愚民之用，现在回到了人民的手里，它的效能，充分地被人民使用了。一九四九年八月，北京市第一届人民代表会议，就是在这里召开的。两年多来，这里开过各种会议百余次。这大殿是多么恰当地用作各种工作会议和报告的大礼堂！而更巧的是同社稷坛遥遥相对的太庙，也已用作首都劳动人民的文化宫了。

北京市劳动人民文化宫

北京市劳动人民文化宫是首都人民所熟悉的地方。它在天安门的左侧，同天安门右侧的中山公园正相对称。它所占的面积很大，南面和天安门在一条线上，北面背临着紫禁城前的护城河，西面由故宫前的东千步廊起，东面到故宫的东墙根止，东西宽度恰是紫禁城的一半。这里是四百零八年以前（明嘉靖二十三年，一五四四年）劳动人民所辛苦建造起来的一所规模宏大的庙宇。它主要是由三座大殿、三进庭院所组成；此外，环绕着它的四周的，是一片蓊郁古劲的柏树林。

这里过去称做"太庙"，只是沉寂地供着一些死人牌位和一年举行几次皇族的祭祖大典的地方。解放以后，一九五〇年国际劳动节，这里的大门上挂上了毛主席亲笔题的匾额——"北京市劳动人民文化宫"，它便活跃起来了。在这里面所进行的各种文化娱乐活动经常受到首都劳动人民的热烈欢迎，以至于这里林荫下的庭院和大殿里经常挤满了人，假日和举行各种展览会的时候，等待入门的行列有时一直排到天安门前。

在这里，各种文化娱乐活动是在一个特别美丽的环境中进行的。这个环境的特点有二：一，它是故宫中工料特殊精美而在四百多年中又丝毫未被伤毁的一个完整的建筑组群。二，它的平面布局是在祖国的建筑体系中，在处理空间的方法上最卓越的例子之一。不但是它的内部布局爽朗而紧凑，在虚实起伏之间，构成一个整体，并且它还是故宫体系总布局的一个组成部分，同天安门、端门和午门有一定的关系。如果我们从高处下瞰，就可以看出文化宫是以一个广庭为核心，四面建筑物环抱，北面是建筑的重点。它不单是一座单独的殿堂，而是前后三殿：中殿与后殿都各有它的两厢配殿和前院；前殿特别雄大，有两重屋檐，三层石基，左右两厢是很长的廊庑，像两臂伸出抱拢着前面广庭。南面的建筑很简单，就是入口的大门。在这全组建筑物之外，环绕着两重有琉璃瓦饰的红墙，两圈红墙之间，是一周苍翠的老柏树林。南面的树林是特别大的一片，造成浓荫，和北头建筑物的重点恰相呼应。它们所留出的主要空间就是那个可容万人以上的广庭，配合着两面的廊子。这样的一种空间处理，是非常适合于户外的集体活动的。这也是我们祖国建筑的优良传统之一。这种布局与中山公园中社稷坛部分完全不同，但在比重上又恰是对称的。如果说社稷坛是一个四条神道由中心向外展开的坛（仅在北面有两座不高的殿堂），文化宫则是一个由四面殿堂廊屋围拢来的庙。这两组建筑物以端门前庭为锁钥，和午门、天安门是有机地联系着的。在文化宫里，如果我们由下往上看，不但可以看到北面重檐的正殿巍然而起，并且可以看到午门上的五凤楼一角正成了它的西北面背景，早晚云霞，金瓦翠飞，气魄的雄伟，给人极深刻的印象。

故宫三大殿

北京城里的故宫中间，巍然崛起的三座大宫殿是整个故宫的重点，"紫禁城"内建筑的核心。以整个故宫来说，那样庄严宏伟的气魄；那样富于组织性，又富于图画美的体形风格；那样处理空间的艺术；那样的工程技术，外表轮廓，和平面布局之间的统一的整体，无可否认的，它是全世界建筑艺术的绝品，它是一组伟大的建筑杰作，它也是人类劳动创造史中放出异彩的奇迹之一。我们有充足的理由，为我们这"世界第一"而骄傲。

三大殿的前面有两段作为序幕的布局，是值得注意的。第一段，由天安门，经端门到午门，两旁长列的"千步廊"是个严肃的开端。第二段在午门与太和门之间的小广场，更是一个美丽的前奏。这里一道弧形的金水河，和河上五道白石桥，在黄瓦红墙的气氛中，北望太和门的雄劲，这个环境适当地给三殿做了心理准备。

太和、中和、保和三座殿是前后排列着同立在一个庞大而崇高的工字形白石殿基上面的。这种台基过去称"殿陛",共高二丈,分三层,每层有刻石栏杆围绕,台上列铜鼎等。台前石阶三列,左右各一列,路上都有雕镂隐起的龙凤花纹。这样大尺度的一组建筑物,是用更宏大尺度的庭院围绕起来的。广庭气魄之大是无法形容的。庭院四周有廊屋,太和与保和两殿的左右还有对称的楼阁,和翼门,四角有小角楼。这样的布局是我国特有的传统,常见于美丽的唐宋壁画中。

三殿中,太和殿最大,也是全国最大的一个木构大殿。横阔十一间,进深五间,外有廊柱一列,全个殿内外立着八十四根大柱。殿顶是重檐的"庑殿式",瓦顶,全部用黄色的琉璃瓦,光泽灿烂,同蓝色天空相辉映。底下彩画的横额和斗栱、朱漆柱、金琐窗,同白石阶基也作了强烈的对比。这个殿建于康熙三十六年(一六九七),已有三百五十五岁,而结构整严完好如初。内部涂金盘龙柱和上部梁枋藻井上的彩画虽稍剥落,但仍然华美动人。

中和殿在工字基台的中心,平面为正方形,宋元工字殿当中的"柱廊"竟蜕变而成了今天的亭子形的方殿。屋顶是单檐"攒尖顶",上端用涂金圆顶为结束。此殿是清初顺治三年的原物,比太和殿又早五十余年。

保和殿立在工字形殿基的北端,东西阔九间,每间尺度又都小于太和殿,上面是"歇山式"殿顶,它是明万历的"建极殿"原物,未经破坏或重建的。至今上面童柱上还留有"建极殿"标识。它是三殿中年寿最老的,已有三百三十七年的历史。

三大殿中的两殿,一前一后,中间夹着略为低小的单位所造成的格局,是它美妙的特点。要用文字形容三殿是不可能的,而同时因环境之大，摄影镜头很难把握这三殿全部的雄姿。深刻的印象，必须亲自进到那动人的环境中，才能体会得到。

北海公园

在二百多万人口的城市中，尤其是在布局谨严，街道引直，建筑物主要都左右对称的北京城市，会有像北海这样一处水阔天空，风景如画的环境，据在城市的心脏地带，实在令人料想不到，使人惊喜。初次走过横亘在北海和中海之间的金鳌玉𬟽桥的时候，望见隔水的景物，真像一幅画面，给人的印象尤为深刻。耸立在水心的琼华岛，山巅白塔，林间楼台，受晨光或夕阳的渲染，景象非凡特殊，湖岸石桥上的游人或水面小船，处处也都像在画中。池沼园林是近代城市的肺腑之言，藉以调节气候，美化环境，休息精神；北海风景区对全市人民的健康所起的作用是无法衡量的。北海在艺术和历史方面的价值都是很突出的，但更可贵的还是在它今天回到了人民手里，成为人民的公园。

我们重视北海的历史，因为它也就是北京城历史重要的一段。它是今天的北京城的发源地。远在辽代（十一世纪初），琼华岛的地址就是一个著名的台，传说是"萧太后台"；到了金朝（十二世纪中），统治者在这里奢侈地为自己建造郊外离宫：凿大池，改台为岛，移北宋名石筑山，山巅建美丽的大殿。元忽必烈攻破中都，曾住在这里。元建都时，废中都旧城，选择了这离宫地址作为他的新城，大都皇宫的核心，称北海和中海为太液池。元的三个宫分立在两岸，水中前有"瀛洲圆殿"，就是今天的团城，北面有桥通"万岁山"，就是今天的琼华岛。岛立太液池中，气势雄壮，山巅广寒殿居高临下，可以远望西山，俯瞰全城，是忽必烈的主要宫殿，也是全城最突出的重点。明毁元三宫，建造今天的故宫以后，北海和中海的地位便不同了，也不那样重要了。统治者把两海改为游宴的庭园，称作"内苑"。广寒殿废而不用，明万历时坍塌。清初开辟南海，增修许多庭园建筑，北海北岸和东岸都有个别幽静的单位。北海面貌最显著的改变是在一六五一年，琼华岛广寒殿旧址上，建造了今天所见的西藏式白塔。岛正南半山殿堂也改为佛寺，由石阶直升上去，遥对团城。这个景象到今天已保持整整三百年了。

　　北海布局的艺术手法是继承宫苑创造幻想仙境的传统，所以它以琼华岛仙山楼阁的姿态为主：上面是台殿亭馆；中间有岩洞石室；北面游廊环抱，廊外有白石栏楯，长达三百米；中间漪澜堂，上起轩楼为远帆楼，和北岸的五龙亭隔水遥望，互见缥缈，是本着想像的仙山景物而安排的。湖心本杆莲花，其间有画舫来去。北岸佛寺之外，还作小西天，又受有佛教画的影响。其它如桥亭堤岸，多少是模拟山水画意。北海的布局是有着丰富的艺术传统的。它的曲折有趣、多变化的景物，也就是它最得游人喜爱的因素。同时更因为它的水面宏阔，林岸较深，尺度大，气魄大，最适合于现代青年假期中的一切活动：划船、滑水、登高远眺，北海都有最好的条件。

天　坛

　　天坛在北京外城正中线的东边，占地差不多四千亩，围绕着有两重红色围墙。墙内茂密参天的老柏树，远望是一片苍郁的绿荫。由这树林中高高耸出深蓝色伞形的琉璃瓦顶，它是三重檐子的圆形大殿的上部，尖端上闪耀着涂金宝顶。这是祖国一个特殊的建筑物，世界闻名的天坛祈年殿。由南方到北京来的火车，进入北京城后，车上的人都可以从车窗中见到这个景物。它是许多人对北京文物建筑最先的一个印象。

天坛是过去封建主每年祭天和祈祷丰年的地方，封建的愚民政策和迷信的产物；但它也是过去辛勤的劳动人民用血汗和智慧所创造出来的一种特殊美丽的建筑类型，今天有着无比的艺术和历史价值。

天坛的全部建筑分成简单的两组，安置在平舒开朗的环境中，外周用深深的树林围护着。南面一组主要是祭天的大坛，称做"圜丘"，和一座不大的圆殿，称"皇穹宇"。北面一组就是祈年殿和它的后殿——皇乾殿、东西配殿和前面的祈年门。这两组相距约六百米，有一条白石大道相联。两组之外，重要的附属建筑只有向东的"斋宫"一处。外面两周的围墙，在平面上南边一半是方的，北边一半是半圆形的。这是根据古代"天圆地方"的说法而建筑的。

圜丘是祭天的大坛，平面正圆，全部白石砌成；分三层，高约一丈六尺；最上一层直径九丈，中层十五丈，底层二十一丈。每层有石栏杆绕着，三层栏板共合成三百六十块，象征"周天三百六十度"。各层四面都有九步台阶。这座坛全部尺寸和数目都用一、三、五、七、九的"天数"或它们的倍数，是最典型的封建迷信结合的要求。但在这种苛刻条件下，智慧的劳动人民却在造形方面创造出一个艺术杰作。这座洁白如雪、重叠三层的圆坛，周围环绕着玲珑像花边般的石刻栏杆，形体是这样地美丽，它永远是个可珍贵的建筑物，点缀在祖国的地面上。

圜丘北面棂星门外是皇穹宇。这座单檐的小圆殿的作用是存放神位木牌（祭天时"请"到圜丘上面受祭，祭完送回）。最特殊的是它外面周绕的围墙，平面作成圆形，只在南面开门。墙面是精美的磨砖对缝，所以靠墙内任何一点，向墙上低声细语，他人把耳朵靠近其它任何一点，都可以清晰听到。人们都喜欢在这里做这种"声学游戏"。

祈年殿是祈谷的地方，是个圆形大殿，三重蓝色琉璃瓦檐，最上一层上安金顶。殿的建筑用内外两周的柱，每周二十根，里面更立四根"龙井柱"。圆周十二间都安格扇门，没有墙壁，庄严中呈显玲珑。这殿立在三层圆坛上，坛的样式略似圜丘而稍大。

天坛部署的规模是明嘉靖年间制定的。现存建筑中，圜丘和皇穹宇是清乾隆八年（一七四三）所建。祈年殿在清光绪十五年雷火焚毁后，又在第二年（一八九〇）重建。祈年门和皇乾殿是明嘉靖二十四年（一五四五）原物。现在祈年门梁下的明代彩画是罕有的历史遗物。

颐和园

在中国历史中，城市近郊风景特别好的地方，封建主和贵族豪门等总要独霸或强占，然后再加以人工的经营来做他们的"禁苑"或私园。这些著名的御苑、离宫、名园，都是和劳动人民的血汗和智慧分不开的。他们凿了池或筑了山，建造亭台楼阁，栽植了树木花草，布置了回廊曲径，桥梁水榭，在许许多多巧妙的经营与加工中，才把那些离宫或名园提到了高度艺术的境地。现在，这些可宝贵的祖国文化遗产，都已回到人民手里了。

北京西郊的颐和园，在著名的圆明园被帝国主义侵略军队毁了以后，是中国四千年封建历史里保存到今天的最后的一个大"御苑"。颐和园周围十三华里，园内有山有湖。倚山临湖的建筑单位大小数百，最有名的长廊，东西就长达一千几百尺，共计二百七十三间。

颐和园的湖、山基础，是经过金、元、明三朝所建设的。清朝规模最大的修建开始于乾隆十五年（一七五〇年），当时本名清漪园，山名万寿，湖名昆明。一八六〇年，清漪园和圆明园同遭英法联军毒辣的破坏。前山和西部大半被毁，只有山巅琉璃砖造的建筑和"铜亭"得免。

前山湖岸全部是光绪十四年（一八八八年）所重建。那时西太后那拉氏专政，为自己做寿，竟挪用了海军造船费来修建，改名颐和园。

颐和园规模宏大，布置错杂，我们可以分成后山、前山、东宫门、南湖和西堤等四大部分来了解它的。

第一部后山，是清漪园所遗留下的艺术面貌，精华在万寿山的北坡和坡下的苏州河。东自"赤城霞起"关口起，山势起伏，石路回转，一路在半山经"景福阁"到"智慧海"，再向西到"画中游"。一路沿山下河岸，处处苍松深郁或桃树错落，是初春清明前后游园最好的地方。山下小河（或称后湖）曲折，忽狭忽阔；沿岸摹仿江南风景，故称"苏州街"，河也名"苏州河"。正中北宫门入园后，有大石桥跨苏州河上，向南上坡是"后大庙"旧址，今称"须弥灵境"。这些地方，今天虽已剥落荒凉，但环境幽静，仍是颐和园最可爱的一部。东边"谐趣园"是仿无锡惠山园的风格，当中荷花池，四周有水殿曲廊，极为别致。西面通到前湖的小苏州河，岸上东有"买卖街"，俨如江南小镇（现已不存）。更西的长堤垂柳和六桥是仿杭州西湖六桥建设的。这些都是摹仿江南山水的一个系统的造园手法。

　　第二部前山湖岸上的布局，主要是排云殿、长廊和石舫。排云殿在南北中轴线上。这一组由临湖一座牌坊起，上到排云殿，再上到佛香阁；倚山建筑，巍然耸起，是前山的重点。佛香阁是八角钻尖顶的多层建筑物，立在高台上，是全山最高的突出点。这一组建筑的左右还有"转轮藏"和"五芳阁"等宗教建筑物。附属于前山部分的还有米山上几处别馆如"景福阁"，"画中游"等。沿湖的长廊和中线成丁字形；西边长廊尽头处，湖岸转北到小苏州河，傍岸处就是著名的"石舫"，名清宴舫。前山着重侈大、堂皇富丽，和清漪园时代重视江南山水的曲折大不相同；前山的安排，是"仙山蓬岛"的格式，略如北海琼华岛，建筑物倚山层层上去，成一中轴线，以高耸的建筑物为结束。湖岸有石栏和游廊。对面湖心有远岛，以桥相通，也如北海团城。只是岛和岸的距离甚大，通到岛上的十七孔和桥，不在中线，而由东堤伸出，成为远景。

　　第三部是东宫门入口后的三大组主要建筑物：一是向东的仁寿殿，它是理事的大殿；二是仁寿殿北边的德和园；内中有正殿、两廊和大戏台；三是乐寿堂；在德和园之西。这是那拉氏居住的地方。堂前向南临水有石台石阶，可以由此上下船。这些建筑拥挤繁复，像城内府第，堵塞了入口，向后山和湖岸的合理路线被建筑物阻挡割裂，今天游园的人，多不知有后山，进仁寿殿或德和园之后，更有迷惑在院落中的感觉，直到出了荣寿堂西门，到了长廊，才豁然开朗，见到前面湖山。这一部分的建筑物为全园布局上的最大弱点。

　　第四部是南湖洲岛和西堤。岛有五处，最大的是月波楼一组，或称龙王庙，有长桥通东堤。其他小岛非船不能达。西堤由北而南成一弧线，分数段，上有六座桥。这些都是湖中的点缀，为北岸的远景。

天宁寺塔

　　北京广安门外的天宁寺塔，是北京城内和郊外的寺塔中完整立着的一个最古的建筑纪念物。这个塔是属于一种特殊的类型：平面作八角形，砖筑实心，外表主要分成高座、单层塔身和上面的多层密檐三部分。座是重叠的两组须弥座，每组中间有一道"束腰"，用"间柱"分成格子，每格中刻一浅龛，中有浮雕，上面用一周砖刻斗栱和栏杆，故极富于装饰性。座以上只有一单层的塔身，托在仰翻的大莲瓣上，塔身四正面有栱门，四斜面有窗，还有浮雕力神像等。塔身以上是十三层密密重叠着的瓦檐。第一层檐以上，各檐中间不露塔身，只见斗栱；檐的宽度每层缩小，逐渐向上递减，使塔的轮廓成缓和的弧线。塔顶的"刹"是佛教的象征物，本有"覆钵"和很多层"相轮"，但天宁寺塔上只有宝顶，不是一个刹，而十三层密檐本身却有了相轮的效果。

　　这种类型的塔，轮廓甚美，全部稳重而挺拔。层层密檐的支出使檐上的光和檐下的阴影构成一明一暗；重叠而上，和素面塔身起反衬作用，是最引人注意的宜于远望的处理方法。中间塔身略细，约束在檐以下，座以上，特别显得窈窕。座的轮廓也因有伸出和缩紧的部分，更美妙有趣。塔座是塔底部的重点，远望清晰伶俐；近望则见浮雕的花纹、走兽和人物，精致生动，又恰好收到最大的装饰效果。它是砖造建筑艺术中的极可宝贵的处理手法。

　　分析和比较祖国各时代各类型的塔，我们知道南北朝和隋的木塔的形状，但实物已不存。唐代遗物主要是砖塔，都是多层方塔，如西安的大雁塔和小雁塔。唐代虽有单层密檐塔，但平面为方形，且无须弥座和斗栱，如嵩山的永泰寺塔。中原山东等省以南，山西省以西，五代以后虽有八角塔，而非密檐，且无斗栱，如开封的"铁塔"。在江南，五代两宋虽有八角塔，却是多层塔身的，且塔身虽砖造，每层都用木造斗栱和木檩托檐，如苏州虎丘塔，罗汉院双塔等。检查天宁寺塔每一细节，我们今天可以确凿地断定它是辽代的实物，清代石碑中说它是"隋塔"是错误的。

这种单层密檐的八角塔只见于河北省和东北。最早有年月可考的都属于辽金时代（十一至十三世纪），如房山云居寺南塔北塔，正定青塔，通州塔，辽阳白塔寺塔等。但明清还有这型制的塔，如北京八里庄塔。从它们分布的地域和时代看来，这类型的塔显然是契丹民族（满族祖先的一支）的劳动人民和当时移居辽区的汉族匠工们所合力创造的伟绩，是他们对于祖国建筑传统的一个重大贡献。天宁寺塔经过这九百多年的考验，仍是一座完整而美丽的纪念性建筑，它是今天北京最珍贵的艺术遗产之一。

北京近郊的三座"金刚宝座塔"

——西直门外五塔寺塔、德胜门外西黄寺塔和香山碧云寺塔

北京西直门外五塔寺的大塔，形式很特殊；它是建立在一个巨大的台子上面，由五座小塔所组成的。佛教术语称这种塔为"金刚宝座塔"。它是摹仿印度佛陀伽蓝的大塔建造的。

金刚宝座塔的图样，是一四一三年（明永乐时代）西番班迪达来中国时带来的。永乐帝朱棣，封班迪达做大国师，建立大正觉寺——即五塔寺——给他住。到了一四七三年（明成化九年）便在寺中仿照了中印度式样，建造了这座金刚宝座塔。清乾隆时代又仿照这个类型，建造了另外两座。一座就是

现在德胜门外的西黄寺塔,另一座是香山碧云寺塔。这三座塔虽同属于一个格式,但每座各有很大变化,和中国其他的传统风格结合而成。他们具体地表现出祖国劳动人民灵活运用外来影响的能力,他们有大胆变化、不限制于摹仿的创造精神。在建筑上,这样主动地吸收外国影响和自己民族形式相结合的例子是极值得注意的。同时,介绍北京这三座塔并指出它们的显著的异同,也可以增加游览者对它们的认识和兴趣。

五塔寺在西郊公园北面约二百米。它的大台高五丈,上面立五座密檐的方塔,正中一座高十三层,四角每座高十一层。中塔的正南,阶梯出口的地方有一座两层檐的亭子,上层瓦顶是圆的。大台的最底层是个"须弥座",座之上分五层,每层伸出小檐一周,下雕并列的佛龛,龛和龛之间刻菩萨立像。最上层是女儿墙,也就是大台的栏杆。这些上面都有雕刻,所谓"梵花、梵宝、梵字、梵像"。大台的正门有门洞,门内有阶梯藏在台身里,盘旋上去,通到台上。

这塔全部用汉白玉建造,密密地布满雕刻。石里所含铁质经过五百年的氧化,呈现出淡淡的橙黄的颜色,非常温润而美丽。过于繁琐的雕饰本是印度建筑的弱点,中国匠人却创造了自己的适当的处理。他们智慧地结合了祖国的手法特征,努力控制了凹凸深浅的重点。每层利用小檐的伸出和佛龛的深入,做成阴影较强烈的部分,其余全是极浅的浮雕花纹。这样,便纠正了一片杂乱繁缛的感觉。

西黄寺塔,也称做班禅喇嘛净化城塔,建于一七七九年。这座塔的形式和大正觉寺塔一样,也是五座小塔立在一个大台上面。所不同的,在于这五座塔本身的形式。它的中央一塔为西藏式的喇嘛塔(如北海的白塔),而它的四角小塔,却是细高的八角五层的"经幢";并且在平面上,四小塔的座基突出于大台之外,南面还有一列石阶引至台上。中央塔的各面刻有佛像、草花和凤凰等，雕刻极为细致富丽，四个幢主要一层素面刻经，上面三层刻佛金与莲瓣。全组呈窈窕玲珑的印象。

碧云寺塔和以上两座又都不同。它的大台共有三层，底下两层是月台，各有台阶上去。最上层做法极像五塔寺塔，刻有数层佛龛，阶梯也藏在台身内。但它上面五座塔之外，南面左右还有两座小喇嘛塔，所以共有七座塔了。

这三处仿中印度式建筑的遗物，都在北京近郊风景区内。同式样的塔，国内只有昆明官渡镇有一座，比五塔寺塔更早了几年。

鼓楼、钟楼和什刹海

北京城在整体布局上，一切都以城中央一条南北中轴线为依据。这条中轴线以永定门为南端起点，经过正阳门、天安门、午门、前三殿、后三殿、神武门、景山、地安门一系列的建筑重点，最北就结束在鼓楼和钟楼那里。北京的钟楼和鼓楼不是东西相对，而是在南北线上，一前、一后的两座高耸的建筑物。北面城墙正中不开城门，所以这条长达八公里的南北中线的北端就终止在钟楼之前。这个伟大气魄的中轴直穿城心的布局是我们祖先杰出的创造。鼓楼面向着广阔的地安门大街，地安门是它南面的"对景"，钟楼峙立在它的背面，这样三座建筑便合成一组庄严的单位，适当地作为这条中轴线的结束。

鼓楼是一座很大的建筑物，第一层雄厚的砖台，开着三个发券的门洞。上面横列五间重檐的木构殿楼，整体轮廓强调了横亘的体形。钟楼在鼓楼后面不远，是座直立耸起、全部砖石造成的建筑物；下层高耸的台，每面只有一个发券门洞。台上钟亭也是每面一个发券的门。全部使人有浑雄坚实的矗立的印象。钟、鼓两楼在对比中，一横一直，形成了和谐美妙的组合。明朝初年智慧的建筑工人，和当时的"打图样"的师父们就这样朴实、大胆地创造了自己市心的立体标志，充满了中华民族特征的不平凡的风格。

钟、鼓楼西面俯瞰什刹海和后海。这两个"海"是和北京历史分不开的。它们和北海、中海、南海是一个系统的五个湖沼。十二世纪中建造"大都"的时候，北海和中海被划入宫苑（那时还没有南海），什刹海和后海留在市区内。当时有一条水道由什刹海经现在的北河沿、南河沿、六国饭店出城通到通州，衔接到运河。江南运到的粮食便在什刹海卸货，那里船帆桅杆十分热闹，它的重要性正相同于我们今天的前门车站。到了明朝，水源发生问题，水运只到东郊，什刹海才丧失了作为交通终点的身份。尤其难得的是它外面始终没有围墙把它同城区阻隔，正合乎近代最理想的市区公园的布局。

海的四周本有十座佛寺，因而得到"什刹"的名称。这十座寺早已荒废。满清末年，这里周围是茶楼、酒馆和杂耍场子等。但湖水逐渐淤塞，虽然夏季里香荷一片，而水质污秽、蚊虫孳生已威胁到人民的健康。解放后人民自己的政府首先疏浚全城水道系统，将什刹海掏深，砌了石岸，使它成为一片清澈的活水，又将西侧小湖改为可容四千人的游泳池。两年来那里已成劳动人民夏天中最喜爱的地点。垂柳倒影，隔岸可遥望钟楼和鼓楼，它已真正地成为首都的风景区。并且这个风景区还正在不断地建设中。

在全市来说，由地安门到钟、鼓楼和什刹海是城北最好的风景区的基础。现在鼓楼上面已是人民的第一文化宫，小海已是游泳池，又紧接北海。这一个美好环境，由钟、鼓楼上远眺更为动人。不但如此，首都的风景区是以湖沼为重点的，水道的连结将成为必要。什刹海若予以发展，将来可能以金水河把它同颐和园的昆明湖结连起来。那样，人们将可以在假日里从什刹海坐着小船经由美丽的西郊，直达颐和园了。

雍和宫

北京城内东北角的雍和宫，是二百十几年来北京最大的一座喇嘛寺院。喇嘛教是蒙藏两族所崇奉的宗教，但这所寺院因为建筑的宏丽和佛像雕刻等的壮观，一向都非常著名，所以浏览首都的人们，时常来到这里参观。这一组庄严的大建筑群，是过去中国建筑工人以自己传统的建筑结构技术来适应喇嘛教的需要所创造的一种宗教性的建筑类型，就如同中国工人曾以本国的传统方法和民族特征解决过回教的清真寺，或基督教的礼拜堂的需要一样。这寺院的全部是一种符合特殊实际要求的艺术创造，在首都的文物建筑中间，它是不容忽视的一组建筑遗产。

雍和宫曾经是胤禛（清雍正）做王子时的府第。在一七三四年改建为喇嘛寺。

雍和宫的大布局，紧凑而有秩序，全部由南北一条中轴线贯穿着。由最南头的石牌坊起到"琉璃花门"是一条"御道"——也像一个小广场。两旁十几排向南并列的僧房就是喇嘛们的宿舍。由琉璃花门到雍和门是一个前院，这个前院有古槐的幽荫，南部左右两角立着钟楼和鼓楼，背部左右有两座八角的重檐亭子，更北的正中就是雍和门；雍和门规模很大，才经过修缮油饰。由此北进共有三个大庭院，五座主要大殿阁。第一院正中的主要大殿称做雍和宫，它的前面中线上有碑亭一座和一个雕刻精美的铜香炉，两边配殿围绕到它后面一殿的两旁，规模极为宏壮。

全寺最值得注意的建筑物是第二院中的法轮殿，其次便是它后面的万佛楼。它们的格式都是很特殊的。法轮殿主体是七间大殿，但它的前后又各出五间"抱厦"，使平面成十字形。殿的瓦顶上面突出五个小阁，一个在正脊中间，两个在前坡的左右，两个在后坡的左右。每个小阁的瓦脊中间又立着一座喇嘛塔。由于宗教上的要求，五塔寺金刚宝座塔的型式很巧妙地这样组织到纯粹中国式的殿堂上面，成了中国建筑中一个特殊例子。

万佛楼在法轮殿后面，是两层重檐的大阁。阁内部中间有一尊五丈多高的弥勒佛大像，穿过三层楼井，佛像头部在最上一层的屋顶底下。据说这个像的全部是由一整块檀香木雕成的。更特殊的是万佛楼的左右另有两座两层的阁，从这两阁的上层用斜廊——所谓飞桥——和大阁相联系。这是敦煌唐朝画中所常见的格式，今天还有这样一座存留着，是很难得的。

雍和宫最北部的绥成殿是七间，左右楼也各是七间，都是两层的楼阁，在我们的最近建设中，我们极需要参考本国传统的楼屋风格，从这一组两层建筑物中，是可以得到许多启示的。

故 宫

北京的故宫现在是首都的故宫博物院。故宫建筑的本身就是这博物院中最重要的历史文物。它综合形体上的壮丽、工程上的完美和布局上的庄严秩序成为世界上一组最优异、最辉煌的建筑纪念物。它是我们祖国多少年来劳动人民智慧和勤劳的结晶，它有无比的历史和艺术价值。全宫由"前朝"和"内廷"两大部分组成；四周有城墙围绕，墙下是一周护城河，城四角有角楼四面各有一门：正南是午门，门楼壮丽称五凤楼；正北称神武门；东西两门称东华门、西华门，全组统称"紫禁城"。隔河遥望红墙、黄瓦、宫阙、角楼的任何一角都是宏伟秀丽，气象万千。

前朝正中的三大殿是宫中前部的重点，阶陛三层，结构崇伟，为建筑造形的杰作。东侧是文华殿，西侧是武英殿，这两组与太和门东西并列，左右衬托，构成三殿前部的格局。

内廷是封建皇帝和他的家族居住和办公的部分。因为是所谓皇帝起居的地方，所以借重了许多严格部署的格局和外表形式上的处理来强调这独夫的"至高无上"。因此内廷的布局仍是采用左右对称的格式，并且在部署上象征天上星宿等等。例如内廷中间，乾清、坤宁两宫就是象征天地，中间过殿名交泰，就取"天地交泰"之义。乾清宫前面的东西两门名曰精、月华，象征日月。后面御花园中最北一座大殿——钦安殿，内中还供奉着"玄天上帝"的牌位。故宫博物院称这部分作"中路"，它也就是前王殿中轴线的延续，也是全城中轴的一段。

"中路"两旁两条长夹道的东西，各列六个宫，每三个为一路，中间有南北夹道。这十二个宫象征十二星辰。它们后部每面有五个并列的院落，称东五所、西五所，也象征众星拱辰之义。十二宫是内宫眷属"妃嫔""皇子"等的住所和中间的"后三殿"就是紫禁城后半部的核心。现在博物院称东西六宫等为"东殿"和"西殿"，按日轮流开放，西六宫曾经改建，储秀和湖坤两宫之间增建一殿，成了一组。长春和太极之间，也添建一殿，成为一组，格局稍变。东六宫中的延禧，曾参酌西式改建"水晶宫"而未成。

三路之外的建筑是比较不规则的。主要的有两种：一种是在中轴两侧，东西两路的南头，十二宫的面的重要前宫殿。西边是养心殿一组，它正在"外朝"和"内廷"之间偏东的位置上，是封建主实际上日常起居的地方。中轴东边与它约略对称的是斋宫和奉先殿。这两组与乾清宫的关系就相等于文华、武英两殿与太和殿的关系。另一类是核心外围规模较十二宫更大的宫。这些宫是建筑给封建主的母后居住的。每组都有前殿、后寝、周围廊子、配殿、宫门等。西边有慈宁、寿康、寿安等宫。其中夹着一组佛教庙宇雨花阁，规模极大。总称为"外西路"。东边的"外东路"只有直串南北、范围巨大的宁寿宫一组。它本是玄烨（康熙）的母亲所居，后来弘历（乾隆）将政权交给儿子，自己退老住在这里，曾增建了许多繁缛巧丽的亭园建筑，所以称为"乾隆花园"。它是故宫后部核心以外最特殊也最奢侈的一个建筑组群，且是清代日趋繁琐的宫廷趣味的代表作。

故宫后部虽然"千门万户"，建筑密集，但它们仍是有秩序的布局。中轴之外，东西两侧的建筑物也是以几条南北轴线为依据的。各轴线组成的建筑群以外的街道形成了细长的南北夹道。主要的东一长街和西一长街的南头就是通到外朝的"左内门"和"右内门"，它们是内廷和前朝联系的主要交通线。

除去这些"宫"与"殿"之外，紫禁城内还有许多服务单位如上驷院、御膳房和各种库房及值班守卫之处。但威名煊赫的"南书房"和"军机处"等宰相大臣办公的地方，实际上只是乾清门旁边几间廊庑房舍。军机处还不如上驷院里一排马厩！封建帝王残酷地驱役劳动人民为他建造宫殿，养尊处优，享乐排场无所不至，而即使是对待他的军机大臣也仍如奴隶。这类事实可由故宫的建筑和布局反映出来。紫禁城全部建筑也就是最丰富的历史材料。